ヤマボウシの下で

―第一章―

目を開けると真っ黒闇で、頭の中だけ、霞がかかったように白くボンヤリしている。身体を動かそうとしても、金縛りに遭ったようにピクリともしない。何で？　何が起きた？　怖いよ〜。たしかあの時、庭の穴に落ちて……まさか死んだ？　嘘でしょ？　こんな時こそ、落ち着いてよく考えるんだ。

目を閉じて耳を澄ます。自分の呼吸音以外は何も聞こえない。匂いは？　青臭くて湿っぽい。暑くも寒くもなくて、ちょうどいい体感で……。「真っ暗な場所を抜けると一面の花畑。柔らかな光に包まれてフンワリ体験ができる場所だ。この先にお花畑が出現したなら……」という臨死体験を何かで読んだけど、ここはまさしくフンワリ体験ができる場所だ。この先にお花畑が出現したなら……やっぱり死んだ？　いやいや、まだ死ねない。あぁ……だんだん息苦しくなってきた。……ん？　ということは息をしているからで、一応、生きてはいるんだ。ならば一体全体ここはどこ？　ははぁ、そうか。穴に落ちた時に頭を強打して気を失って……これは夢の中なんだ！

ほどなくして全身の痺《しび》れが消えると、震えるほどの寒さに襲われた。慌てて体を起こし、背中を丸めて両腕を擦りながら辺りを見回す。やはり、どこもかしこも真っ暗だ。ふと、ライトを握りしめているのに気づいた。そうだった！　庭に出て月を探していたら、ヤマボウシの根元に大きな穴を見つけたので、中を見ようとしてライトを持ち出したんだ。ならばこの世界は現実？　急いでスイッチをオンにしたら、草むらの中にいるとわかった。目の前に大木、その横には細い道がある。数メートル先を照らすと背丈ほどの草が茂り、その奥は、たぶん森だ。でもなぜ、こんな場所に一人でいるのだろう。もしかして若年性アルツハイマーか何かで徘徊《はいかい》？　可能性がなくもないけれど、家に帰るには山道を下るしかないな。

行けども行けども、狭いデコボコ道と茂った草木ばかりだ。急に森の奥から、パキッ、ザワザワと音がした。何かしらの獣に襲われるのではないか、という恐怖を振り切るように走る！　ところが日頃の運動不足がたたり、すぐに力尽きてしまった。泣きそうだ……。途方に暮れていたら、遠くにオレンジ色の光が見えた。とりあえず、あそこに行ってみよう。

光を発する場所には、低い板塀に囲まれた木造の建物があった。塀の隙間から中を覗《のぞ》くと、なぜかたくさんの松明《たいまつ》が見えた。光の正体はあれだな……。何かのイベント会場かと思って入り口を探していると、ふいに木戸が開いて、塀の中から小柄な人が出てきた。その人は、手にした小さな松明の灯《あか》りを左右に動かしていたが、私に気付くと驚いたように塀の中に向かって、「おい、善兵衛《ぜんべえ》。こっちじゃ。こっちぃけえ（こちらに来い）」と叫んだ。男性だ。それにしても善兵衛って……江戸か？　吹き出しそうになっていると、奥から善兵衛らしき人物が現れた。二人が小声で何やらボソボソと話し始めたので、私は慌ててライトを下に向け、遠目に彼らを観察した。

初めに見た男は背が低くて中肉。善兵衛は痩せて背が高く、二人とも歴史の教科書に載っている中世の挿絵のような格好をしている。どうやら山奥の古民家を借り切って、コスプレパーティー的なことをしているらしい。

「あのぅ……。お楽しみのところ失礼します。道をお尋ねしたいのですが…」

突如、善兵衛役の男が、私の手から発する光を指さして叫んだ。

「そりゃあ何なら。なにゅう（何を）持っとるんなら（持っているのだ）」

もう一人の男もそれを見て後ずさりしたので、慌ててスイッチをオフにした。

「おっ。今、光りょうたろうが（光っていただろう）。きょうてぇのぅ（おそろしいなぁ）。おめえ、何モンなら」

「何モンと言われても……ここがどこかお尋ねしようと思って…」

二人は遠くから私の周囲を松明で照らしていたが、他に誰もいないとわかると、距離を詰めながら声高に威嚇し始めた。

「じなくそを言うな（冗談を言うな）。ふん。おめえ、おなご（女）のくせに髪が短こうて（短くて）、なんか知らんが変な格好をしとる。昨日もここを探りぃ来とったろうが（探りに来ていただろう）」

「おっしゃる意味がわかりません。昨日はずっと家にいましたよ。そりゃ、パーティーのお邪魔をしたことは謝りますが…」

「パーテ？　変なことを言ようる（言っている）。怪しいけえ、このまま行かせるわけにゃあいかんぞ（行かせるわけにはいかないぞ）」

言うが早いか二人は私の腕を乱暴に掴《つか》み、塀の中へ引きずり込んだ。

騒動を聞きつけた数人の男女が、中庭のような場所に集まって来た。そこにも多くの松明が煙たいほど焚《た》かれていて、全員が着物を身に着けている。かなり本格的な演出だ。それにしても、近頃はまず聞かれない方言といい、本格的な古民家のセットといい、もしかして時代劇の撮影？暗くてよく見えないけれど、この中に有名人がいるのだろうか？


「騒々しいなぁ。何ごと？」

そう言って奥から出てきた着物姿の女性は、周りの役者とは明らかに一線を画していた。

「怪しい者ではありません。道に迷っただけです」

「おめえは黙っとれ。このおなご、ひょんな（変な）モン持って屋敷の前に立っとったんじゃ（立っていたのだ）。どう見ても怪しいでしょうが」

男の口調から、彼女が責任者と思われた。薄暗いのではっきりとは見えないが、知らない顔なので、売れない女優か、どこかの劇団員だろう。

彼女は私の全身を観察した後、手にしたライトに目を止めた。訝《いぶか》しく思っていたら、後ろから大柄の男がやって来て、私の手からライトをもぎ取り彼女に手渡した。彼女はそれをまじまじと見ていたが、すぐに男たちに向かって私の腕から手を離すよう命じ、こちらに向き直して丁重にこう言った。

「大変ご無礼をいたしました。申し遅れましたが、私は、たまがきと申します。ここは新見庄《にいみのしょう》の西方《にしがた》、福本盛吉《ふくもともりよし》の屋敷でございます」

「えっ？　たまがきって……あの、たまがき？」

「おめえ、たまがきさんを呼び捨てにしたのう。やっぱり、とんでもねえモンじゃ」

「ええんよ（いいのですよ）。ところで、あなた様は私をご存じなのですか？」

「ああ……はい。お名前だけは…」

かなり前になるが、新見市《にいみし》が「中世新見庄」を猛アピールしていた時期があった。その時に作られたパンフレットに、新見庄に関する史跡と共に「たまがきと祐清《ゆうせい》の恋物語」が紹介されていたので、その名前を覚えていたのだ。目の前にいるこの女性は、中世の衣装らしき物を着て「たまがき」を気取っているが、再び奮起した新見市が、観光用の動画でも撮っているのだろうか？それなら納得できるし、ここが新見だとわかって少し安心した。

「あの……ここで撮影をされているんですか？」

「撮影？　さて、何のことでしょう」

その場にいた人たちは皆、驚いたように私を見た。きっと有名俳優が出演する秘密の撮影に違いない。

「ともあれ、せっかくお越しいただいたのですから、今宵は客殿《きゃくでん》（はなれ）にお泊まりください」

「危ねえことがあったばあのに（ばかりなのに）、こがあな（こんな）怪しいモンを泊めんさるんな？（お泊めになるんですか？）」

私を引きずって来た善兵衛役が、そう言ってこちらを睨みつけた。すると彼女はキッとして、その場にいる全員を諭すように言った。

「さっきから、怪しいお方じゃねぇ言ようるでしょうが（怪しい方ではないと言っているでしょう）。兄様が帰っちゃったら（帰られたら）話をするけぇ。春さん、この方を客殿にお連れしてちょうでぇ（お連れしてください）」

「いえいえ、家に帰る道がわかれば、すぐに失礼しますから」

「そうはまいりません。外は暗うございますから、道中に襲われでもしたら…」

そうだった。ここに来るまで街灯ひとつなくて心細い思いをした。おまけにライトを取り上げられたのだから、暗闇の中に我が家を見つけることは不可能だ。こうなったら、今夜はこの人達の茶番劇に付き合うしかないだろう。

「そうですか。では、お言葉に甘えて今夜だけお世話になります」

居心地悪く待っていると、五分ほどして春さん役の女性がやって来た。四十代半ばだろうか。化粧っ気のない小太りの彼女は、後ろを歩く私を見ないようにして奥の建物へ案内した。通された部屋は床全面が板張りで、ポツンと置かれた小机の横に、灯りの点《つ》いた灯台《とうだい》（室内の照明器具）がたった一つあるだけの、狭くて殺風景な所だった。床の間の棚には、撮影用の小道具らしき生活

用品が少しばかり置かれている。

「時代劇さながらですね」

皮肉る私に彼女は目もくれず、「気味がわりぃけぇねきぃ来なんな（気持ちが悪いから近くに来ないで）」と言い放ち、逃げるように立ち去った。

ふん！　それはこっちのセリフだろう。いい年をした大人の言うことか？　腹が立つやら気分が悪いやら、本当にもう一体全体どうなっているんだ！

夫は今頃、庭に出たきり帰らない私を探しているはずだ。もしかして、警察が付近一帯を捜索しているかもしれないが、こんな山中にいる私を見つけ出してくれるだろうか……。イライラは不安に変わった。


少しして、たまがき役兼責任者がやって来て、作り笑いをしながら半畳ほどの敷物を私に勧めた。座布団代わりと察し、お礼を言ってそれに座ると、彼女も斜め向かいに正座した。薄っぺらで目の粗い座布団は、くるぶしを容赦なく痛めつける。

「先ほどはご無礼をいたしました」

「いいえ、お互い様ですから。こちらこそ、夜分にご迷惑をおかけして……」

「実は、このところ昼夜を問わず、屋敷の周りを怪しい者がうろついているものですから、夜襲に備えて方々に火を焚いて、交代で番をしているのです。そんな訳で皆、気が立っておりまして……どうぞお許しください」

「ああ、それで……。ええと、名乗るのが遅れましたが、私は川村裕希《ゆうき》と申します」

「……裕希様……。良いお名前ですね」

そう言う彼女をよくよく見ると、紅潮した頬、眼には今にも零《こぼ》れ落ちそうなほどの涙をためている。固く握りしめた両手は、膝の上で小刻みに震えているではないか。みんなの前では堂々としていたが、案外、シャイなのかもしれない。

「たまがきさん、でしたね。信じていただけないかも知れませんが、私は、なぜ自分がここにいるのか見当もつかないのです」

「と、おっしゃいますと？」

「家の庭に大きな穴が開いているのを見つけて、何だろうと中を覗いたら落ちてしまったんです。そこから先は何も覚えていなくて、目が覚めたら、この近くの山中にいました」

するとと彼女は疑いもせず、落ち着き払ってこう言った。

「それは大変な目に遭われましたね。さぞ心細い思いをされたことでしょう。でも、ここにいらっしゃる限りはご安心ください」

「はあ……。それはどうも恐れ入ります。ところで……教えて頂きたいのですが、ここは新見市ですよね？」

「えっ？　あぁ。先ほど申しましたように、ここは新見庄の西方でございます」

そう来たか。敵はなかなか手強い。

「西方？　へぇー。西方にも、まだこんな場所が残っているんですね。新見庄というのは、たしか中世の頃の呼び名でしょう。たまがきさんも中世のお方。なかなか手が込んでいますね」

「……裕希様は、どちらからおいでですか？」

「きっと、この近くだと思います」

「そうですか……。あ…、つい長居いたしました。今宵はお疲れでしょう。狭くて粗末な部屋ですが、どうぞゆっくりお休みください。それから……事情がおありのようですから、当分こちらでお過ごしください。この部屋の主は、しばらく戻ってまいりませんので」

「ありがとうございます。でも、明日には」

「そうそう、これは先ほどお預かりした品。お返しいたしますね」

急に思い出したのか、たまがき役の彼女は私の言葉を遮って床にライトを置くと、微笑みながら静かに出て行った。彼女が醸し出す儚《はかな》げな、それでいて妖しげな雰囲気は、灯台に揺れる炎の仕業だろうか。魔法にかけられたようで、つい、夜明けを待って家に帰ると言いそびれてしまった。

それにしても、たかが時代劇の撮影なのに、カメラが回っていない時も全員が大真面目で役になり切っているとは……。使い慣れない方言を覚えるためだとしても、何も知らない私に説明もないなんて……。もしかしてドッキリ？　いやいや、私が騙《だま》される理由がないし、そうだとしても、あまりに見え透いている。役者として未熟なせいかもしれないが、いずれにせよ、とんだ茶番だ。まあいい。ならばそういうことにしてあげよう。ここでの彼女は自称たまがきなのだ。

たまがきのことは、中世新見庄のパンフレットを読むまで知らなかった。おまけに歴史には全く興味がないので、当時そんな人がいたのか、という程度の認識だった。ところがある時、歴史好きの知人に誘われて、上市の地頭政所跡《じとうまんどころあと》を見に行った。そこにある石碑の隣には、地頭という地名の由来や政所の説明などが記された看板が立っていて、その前にある田んぼの真ん中に、数百年前の苔むした庭石と石垣が残っていた。ただの大きな石でも歴史を知った上で眺めると、時を超えて厳然と存在する遺物なのだと思えて、少しばかり感動を覚えた。それがきっかけで関連本を読んだりもしたが、随分前のことなので大筋しか記憶していない。たしか……。

中世の頃、新見市は新見庄と呼ばれていて、幕府管轄の地頭方と、京都の東寺《とうじ》の荘園である領《りょう》家《け》方に分かれていた。京都からでは、地方の山奥にある新見庄の直接支配が難しいため、東寺は土地の管理と年貢の徴収を武士（代官）に依頼していた。ところが任された代官は、厳しく年貢を取り立てても、そのほとんどを東寺に納めず密かに私腹を肥やしていた。度重なる飢饉《ききん》で貧窮していた領民はそれを知って憤り、一致団結して悪代官を追い出すと、東寺から直接代官を派遣するよう訴えた。結果、祐清という僧が来て、彼の身の回りの世話をしたのが、たまがきという女性だ。ところが、祐清もまた年貢の取り立てが厳しくて、年貢を納めない名主《みょうしゅ》（自分の田畑を持つ有力農民）を罷免したため、恨みを買って殺された。

殺害時の状況はというと、祐清が建築中の家の前を通っていた時のこと。この地方では、建築中の家の前を通る時に馬から下りる習慣があった。ところが、それを知らない祐清が馬に乗ったまま通り過ぎようとしたため、その場に居合わせた大工や農民たちが怒って祐清を追い回し、殺してしまったらしいのだ。

祐清を慕っていたたまがきは、彼の形見がほしいという旨の書状を東寺に送ったが、願いは叶《かな》わなかった。彼女のことは世間にほとんど知られていないが、あまり位が高くない地方の女性の手紙が残っているのは、他に例を見ないそうだ。そのため、彼女の書状は大変貴重な資料で歴史的価値があるらしい。私が覚えているのはそれくらいだ。


でも、そんなことよりも、我が家の庭に出てからの記憶がないことの方が問題だ。早く帰りたいのに、いくら考えても何も思い出せないということは、やはり認知障害か？　ならば、ひとつひとつ確認していこう。

私の名前は川村裕希。岡山県北の新見市という田舎町に住んでいて、年齢は五十五歳。四つ年上の夫・昭平《しょうへい》は、花山《はなやま》建設という小さな会社の社長をしている。一人娘の珠希《たまき》は、大阪の病院で事務の仕事に就いている。しばらく顔を見ていないが、誕生日が近いので電話でプレゼントの話をしたばかりだ。本人は、あっという間に四半世紀以上を生きたと笑ったが、三十路を迎えるのはもっと早いと冗談を言い合った。そうだ。ちゃんと覚えている。家の住所や電話番号だってわかる。ただ、ここがどこだかわからないだけだ。ならば、穴に落ちる前の記憶はどうだろう。

このところの長雨で肌寒い日が続いたが、今日は朝から快晴で一日中家事をした。おまけに、仕事で外回りに出ていた夫の帰りが遅くなり、夕食の時間がずれ込んだ。諸々の片付けを終え、ゆっくりしようと思って庭へ出た。空気が思いの外ヒンヤリしていて、七分袖のワンピースでは寒かったけれど、上着を取りに入るのも面倒くさい。そのまま空を見上げて月を探したが、なかなか見つけられなくて、そのうち、今日は新月だと気づいた。ガッカリしながら、街灯の青白い光をバックにクッキリ浮かぶヤマボウシの枝振りを仰ぎ、そのまま根元に視線を落とすと……そこだけ仄《ほの》かに明るかった。近づいて見ると結構深い穴が開いていて、その奥から光が漏れている。何じゃこりゃと思って、携帯用のライトを持ち出して中を照らしたら……突然、穴の中から手を引っ張られた感じがして、そのまま気を失って……目が覚めたら真っ暗な山中に転がっていた……。記憶はたしかなようだ。

そういえば、いつだったか母の知り合いが、狸に化かされたと聞いた。きっとこれもその類いの現象だ。それなら説明がつく、かもしれない。無理矢理そういうことにして、用意された寝具らしき敷物に横になった。とても快適とは言い難い代物だ。ここ数年で皮膚の弾力が著しく失われたから、明日の朝には体中にデコボコの跡がつく。顔のデコボコは昼まで取れないんだよなぁ……。でも、これは全て夢か幻。明日にはフカフカの布団で爽やかに目覚めるに違いない。はぁ……。あれこれ考えたら眠くなってきた。今日はとても疲れた……。

鶏の鳴き声で目が覚めた。まだ夜が明けきっていないのか、辺りは薄暗かった。それでも、狭くて古めかしくて、独特の匂いがする部屋にいることはわかった。昨夜の出来事も覚えていたが、あれはきっと夢で、私は何らかの理由でここに野宿したのだ。そうに違いないと言い聞かせていると、微《かす》かな足音が部屋の前でピタリと止まった。

「裕希様、お目覚めでしょうか。たまがきでございます」

現実に落胆した途端、激しく咳き込んでしまった。

「お風邪を召しましたか？」

「いえ……大丈夫です」

慌てて板の戸を開けると、目の前に自称たまがきが座っていた。

「早朝より失礼いたします。私、これから急ぎの用で留守をしますので、兄から申しつかったことをお伝えに参りました。昨夜遅くに戻りました兄に裕希様のことを話しましたら、しばらくこちらに留まっていただくようにとのこと。それ故、宿の心配はなさいませんように」

彼女のセリフをボンヤリ聞きながら、この猿芝居はいつまで続くのだろうと考えていた。すると突然、建物の間から金色の朝日が差し込んで、その中に色白の美しい女性が浮き上がり……思わず息を呑んだ。さすがに女優だけのことはある。

「お、おはようございます……。ご迷惑をおかけしてすみません」

「いえ。そのようなことはございません。裕希様の御世話は屋敷の者に申しつけておりますので、どうぞごゆっくりなさいませ。朝餉《あさげ》の支度ができますまで、こちらでしばらくお待ちくださ い。では…」

自称たまがきはそう言って頭を下げると、足早に立ち去った。

朝食と聞いた途端、お腹が空いてきた。同時に、一段と鋭くなった嗅覚が、かまどで火を熾《おこ》すような懐かしい匂いをとらえた。ゴミでも燃やしているのかと訝しく思っていると、春さん役の女性がお膳を持って来てくれた。お金をかけないローカルな撮影だろうから、パンとパック牛乳的な食事を想像していたが、お膳の上には、雑炊《ぞうすい》らしき物を入れたお椀と漬物の小皿が置かれていた。タダで泊めてもらって朝ごはんまでご馳走《ちそう》になるのだから、文句は言えない。しかし、かなり手の込んだ演出だ。もう、とにかく、訳の分からないことに巻き込まれたくない。昨夜の自称たまがきの話から、今いる場所の見当はついている。意識がはっきりしているうちに、家に帰らなくてはならない。寝過ごしたせいで、こっそり屋敷を抜け出せなかったのは大失態だ。自称たまがきや撮影チームには悪いが、朝食をいただいたらここを出よう！

素朴な味の雑炊を平らげて、こっそり屋敷を抜け出した。昨夜は暗くて見えなかったが、塀の外には、かつての日本の何処にでもあっただろう田園風景が広がっていた。石ころだらけの狭いデコボコ道と緑の草っ原。その先に田んぼと曲がりくねったあぜ道が続き、どこからともなく動物特有の臭気が漂ってくる。少し先には土壁造りの簡素な小屋があって、屋根は木の板でできていた。風で飛ばされないためか、屋根板の上に石を置いて縄でくくりつけてある。思わず「たまがきハウス」の方を振り返ったら、萱《かや》ぶき屋根の大きく頑丈な屋敷だった。昨夜泊まった客殿の隣にも、同じような建物が建っている。まるで中世のテーマパークに紛れ込んだようで、めまいがした。こうなったら、いったん最初に自分がいた場所に戻るしかない。記憶をたどりながら山道を上り、この辺りかと思う場所に着くと、そこには大きなヤマボウシの木があった。その先は急勾配の細い獣道で、これが我が家に続いているとは到底思えない。思い直して、「たまがきハウス」方面へ引き返した。

坂を下る途中、電柱や標識がひとつも見当たらないのに気づいた。普通はどんな田舎でも、何かしらの標識やアスファルトの道を目にするものだが、「現代」を示す物が皆無なのだ。違和感を覚えつつ歩いていると、再び粗末な建物が現れて、さっきまで誰もいなかった畑の真ん中に、短い丈の着物を着た人が数人立っていた。思った通りだ。この人たちはエキストラで、これから撮影が始まるのだ。この付近一帯が中世のテーマパークになっていて、新見市が「中世の町」として観光客を呼び込もうとしているのだ。これほどの大規模テーマパークはよそにないだろうから、交通の便さえ整えば、それはそれで……いやいや、長年新見市に住んでいるが、そんな話は聞いたこともない。やはりここは、どこかのテーマパークか撮影用の大規模なセットの中で、時代劇の撮影をしているんだ。たまがきが言っていたのは劇中の住所だから、ここは新見市ではなくて別の場所だ。ならば私は、なぜここにいるんだろう。やはり徘徊？　知らぬ間に長距離を歩いたのか？　それとも昨夜、気を失った後に誘拐されて、この山深い田舎町に連れて来られたとか？　それこそ信じ難い話だ。身代金を要求されるほど我が家は裕福ではないし、第一、監視が緩すぎる……。

あれこれ考えていて、ふと気づいた。不思議なことに、見上げた山並みと空、周りの空気感に初めて出逢う気がしないのだ。あの向こうに見えるのが高梁川《たかはしがわ》だとしたら、この辺りに工業団地、向かい側に自動車教習所があるはずで、川と平行して伯備線《はくびせん》が通っていて、小学校と大学がその向こう。あの先の山の手前に高速道路があって、もっともっと家やマンションが建っていて……それらを差し引いた目の前の風景は、新見市西方そのものではないか！　もしこれが現実ならば、中世に自宅が存在するはずもなく、屋敷を出ても行く所はない……。ショックの余りその場に座り込み、しばらく脱力していた。

カラスの鳴き声で我に返った。何も考えたくなかった。かといって、ここで野垂れ死にする気は毛頭ない。元の世界に戻るまで何とかして生き伸びなくては！　とにかく今はこの状況を乗り切るために、不本意だが、たまがきの家に転がり込むしかない。とりあえず記憶喪失ということにしよう。昔だって、頭を強く打ったり大きなショックを受けたりして、記憶を無くした人がいたはずだ。哀れな記憶喪失の女を、誰も邪険にはしないだろう……。そう決めて力なく立ち上がった。

福本の屋敷に帰ると、使用人の面々がホッとした様子で遠巻きに私を取り囲んだ。

「こけぇおってじゃが（ここにおられるよ）」

「あぁ、ほんまじゃ（本当だ）。やれやれ。平八《へいはち》さんに教えちゃらにゃあ（教えてあげないと）」

すぐに、平八らしき男が慌てた様子でやって来た。昨夜、善兵衛と一緒に私を屋敷に引きずり込んだ小男だ。

「おめえ、今までどけぇおったんなら（今までどこにいたんだ）。たまがきさんに叱られるがな。やれんのうや（たまらないなぁ）。おい、春さん。みんなに知らせてくれえ。おめえのう（あなたねぇ）、今日のことは黙っといちゃるけぇ（黙っておいてあげるから）、もう、勝手に外へ出んようにしてくれえよ」

平八はムッとして私にクギを刺した。よく見張っておくように、たまがきに命じられていたのだろう。ここの誰もが、昨夜の私を「おかしい」と感じ、大騒ぎで探し回っていたに違いなかった。みんなに迷惑をかけたのは心苦しいけれど、こちらから記憶喪失の件を説明する手間が省けた。

夕方近くなり、たまがきが客殿に駆け込んできた。そして私の顔を見るなり、人なつっこい少女のように顔をクシャクシャにしてこう言った。

「あぁ、安堵しました。どこかに行ってしまわれるのではと案じておりました」

無論、そのつもりだったが、絶望したからここにいるのである。

「大丈夫です。ほかに行く所もありませんから……」

彼女は安心した様子で母屋に引き返すと、二人分のお茶を手に戻ってきた。私のことが気になって仕方ないようだが、目の前のこの人は本当にたまがきなのだろうか。まだ信じてはいなかった。

「裕希様とお話がしたくて、早々に用事を済ませてまいりました」

「そうだったのですか。お気を遣わせましたね。ところで、何も覚えていないのでお尋ねしますが……今は何年ですか？」

「寛正《かんしょう》三年でございます」

「寛正って、いつ？　西暦何年だ？」

大声で放つ独り言に彼女は小さく笑い、すぐに真顔で話し始めた。

「この辺り一帯は新見庄と申します。新見庄の中でも、東の方は幕府方で相国寺《しょうこくじ》の荘園です。地頭方政所は、井村《いむら》の二日市場《ふつかいちば》の近くにあります。西方側は領家方で、京《みやこ》の東寺の荘園になります」

「地頭というのは幕府関連の機関と記憶しているのですが、相国寺の所領になるのですね？　その地頭方の政所が井村という場所にある。そして、西方は東寺の所領で、このお屋敷は領家方ということでしょうか？」

「そうです。ここは惣追捕使《そうついぶし》の職を賜っております、兄、福本盛吉の屋敷で、母と兄と私は、隣の母屋に住んでおります。こちらの建物は、領家方の政所として使われています。その板戸の向こうが政所で、今いるここは、お代官様の部屋ですが、今は領地を回っておいでですから、お帰りは少し先になるのです」

井村の二日市場とか惣追捕使とか、何のことやらわからないが今は捨て置く事にして、気になる祐清のことを尋ねてみた。

「たまがきさんは、祐清さんの身の回りのお世話をされているのですか？」

「お世話といえるようなことは何も……。それより、裕希様は祐清様をご存じなのですか？」

「あ、いえ。昼間、お屋敷の方からお名前を伺ったものですから…」

やっぱり？　目の前のこの人が、あの、たまがき？　中世の恋物語の主人公？　ならば、この世界は本当の本当に中世新見庄ということになる。でも、そんなことあり得ないだろう。私は絶対に騙されているんだ！

「裕希様はご存じないかも知れませんが、このところ良くないことばかり続いております。日照りや大雨で不作が続き、僅《わず》かばかりの食べ物も年貢として納めなくてはなりません。命に関わることですから、兄たち三職《さんしょく》が、年貢を減らしてくださるように京の寺家《じけ》様にお願いいたしました。ところが寺家様の元には、お納めした半分も届いていないとのことで……。ここで初めて、代官の横領が発覚したのです。怒った領民は総出で代官を追い出し、寺家様から直接お代官様をお送りくださるようにと、お願いいたしました。そうして、やっとお越しくださったのが祐清様です。先ほども申しましたが、祐清様は今、領地を回っておいでですから、お留守の間は私が、政所の掃除や書き物の整理などのお手伝いをしております。祐清様が戻られる折には、ご面倒でも裕希様には、母屋に移っていただくことになります」

「そうだったのですか。ええ、部屋はすぐにでも移りますよ」

部屋の移動はいつでも構わないが、彼女が言う「寺家様」とか「三職」とかの意味がわからないので、戸惑うばかりだ。

暗くなった部屋の灯台に火がともされた。その揺れる炎を見ながら、たまがきと私が初めて会った時のことを思い返していた。彼女は見慣れぬワンピース姿の私に、全く動揺する素振りを見せなかった。男たちが恐る恐る手にした怪しげなライトも易々と手に取った。かなり肝の据わった女性だと思ったが、実は使用人の手前、頑張って「たまがきさん」を演じていたのだろう。その証拠に昨夜、私と二人きりになった時、興奮や恐怖を必死で抑えていたではないか。本当は素直で健気な女性だと思うし、今のところ敵ではなさそうだ。お兄さんも然り。親と同年代の私を、むげに見捨てられなかったのだろう。何ともお人好しで優しい人たちではないか。それとも、中世のオタクたちが、そろって私を騙しているとしたら……。

一瞬、困惑した表情の彼女と目が合った。その時なぜだか、この人を信じようと思った。そう。私は中世の真っただ中にタイムスリップしたのだ。今はこの状況を受け入れて、ここで生き抜くしかないではないか！　腹をくくったら気分が少し楽になった。けれど今ここで、私が置かれている状況を明かすべきではないと思った。

夜も更けて、たまがきさんは母屋に帰っていった。眠りに就くまでの間、私は二十一世紀の新見を思い浮かべていた。

中国山地の山々に囲まれた、人口三万人余りの小さな田舎町。高梁川沿いに国道一八〇号がくねくねと走り、それに沿って集落が点在する。私が子供の頃は、道路の舗装状態が悪くてカーブも多いため、父の車で出かけると決まって車酔いをした。高速道路ができてからは、大阪や岡山が近くなったと感じたものだ。中でも中国道は山を切り開いて作られているので、左右に壁が迫ってカーブも多い。それでも交通量が少ないため、運転に不安がある私には走りやすい。

電車は伯備線と姫新線《きしんせん》、芸備線《げいびせん》の、三つの路線が通っている。岡山（備前《びぜん》）と出雲（伯耆《ほうき》）を南北に結ぶ伯備線の普通電車で、岡山－新見間は約一時間半。特急だと一時間弱だ。北上するにつれて寂しい山中に入るので、初めて利用する人は少なからず不安を覚えるらしい。それでも、車窓から見る四季折々の自然は感動ものだ。今は無人駅が増えて列車の本数も激減したが、昔は客車以外にも、木材などを積んだ貨物列車が頻繁に行き来していた。芸備線は新見（備中《びっちゅう》）と広島（安芸《あき》）を結び、中国山地を東西に走る姫新線は新見と姫路をつないでいる。三路線が交差する新見は昔、鉄道輸送の要所だったと思うが、今では伯備線以外は超赤字路線なので、廃線が危惧されている。新見駅を出ると、正面にはバスとタクシーの乗り場があって、すぐ横の「縁《えにし》の広場」には「祐清とたまがき像」がある。

空の便なら、岡山空港まで車で一時間ほどを要し……と、とにかく、新見はどこに行くにも中途半端な場所だ。それでも、山奥ならではの良い所がたくさんある。

市の南部はカルスト台地で、あちこちに大小いくつもの鍾乳洞がある。中でも「井倉洞《いくらどう》」と「満奇洞《まきどう》」は市の観光に一役買っている。「満奇洞」は、過去に映画化された横溝正史の小説、「八墓村」のロケ地にもなった。与謝野鉄幹・晶子夫妻も、ここを訪れて歌を詠んでいる。どちらの洞も神秘的だが、かなりの距離歩くので、ハイヒールでの入洞は厳しい。他にも大中小の水車を三つ連ねた「親子孫水車」やキャンプ場、スカイダイビング施設、西の尾瀬といわれる鯉《こい》ヶ窪湿原《くぼしつげん》、スキー場などがある。スキー場には温泉が併設されていて、ひと滑りした後に入浴できるため、冬はまあまあの賑《にぎ》わいを見せている。ブドウや桃など果物の栽培も盛んだ。大方の施設は、家族で訪ねた楽しい思い出が満載だが、今の状況では寂しさが増す。視点を変えて、中世新見庄にまつわる場所を想起してみよう。

ここ西方の近くにある郷原《ごうばら》八幡神社とたまがき碑、少し離れて新見公立大学方面には善成寺《ぜんじょうじ》公園、もう少し先の新見駅裏には新見美術館がある。

戦国時代の新見庄領民が、一致団結を誓って一揆の気勢を上げたのが郷原八幡神社。たまがき碑の近くには福本の屋敷があったらしいので、たぶん、今いるここがそうだろう。そして、殺された祐清の葬儀・法要が営まれたのが善成寺。明治の初めに廃寺になり、その跡地が小さな公園になっている。そこは丘の上にある新見公立大学へと続く坂道の途中にあって、隅の方に「阿弥《あみ》陀如来座像《だにょらいざぞう》」が祀《まつ》られている。祐清はその仏像の前で供養されたはずである。新見美術館は、祐清が罷免した名主・豊岡《とよおか》（祐清暗殺のキーマン）の屋敷跡にある。小さいながら多種の展示が催されるので、隠れた人気スポットだ。私が知る限り、これくらいだろうか。

それにしても、なぜ私なんだ。こんなことに巻き込まれるような悪事を働いただろうか。そりゃ、ついた嘘《うそ》は数えきれないし、運転中の速度違反も二度見つかって罰金を払った。決して清廉潔白とはいえないが、大罪を犯したことはない……と思う。しかし、だ。この状況を憂いてばかりいても仕方ないから、気持ちを切り替えよう。こうなったら歴史を深掘りするチャンスと捉えて、現代と中世の景色の違いを見てやるぞ！　開き直ると自分でも驚くほど前向きである。きっと、これがおばさんの底力なのだ。ただ、家族のことは心配でたまらない。夫は穏やかな性格で、彼が不機嫌な姿を見たことがない。娘は親に似ず活発で楽天的だ。でも、そんな二人でも今頃はきっと大騒ぎしているはずなのだ。それなのに、ここからではどうすることもできないなんて……あーあ。

いつの間にか夜が明けていた。外に出てみると、使用人の面々が汗だくで働いている。たまがきさんの姿はなかったが、彼女はどんな仕事をしているのだろう。祐清さんのお世話といっても、ほとんどは使用人がこなすだろうし、彼が留守がちなら時間の拘束もなさそうだ。政所は福本家のはなれだから、家にいるのと同じではないか。それでも、政所では祐清さんと二人きりになることがあるのかな。彼女は独身だが、その辺りのことを家族はどう思っているのだろうな、などと、要らぬ心配をしてみる。実際、二人はどんな関係だろう。単なるお世話係兼秘書のようなものなのか、それとも……。たまがきさんは下級武士の家柄、祐清さんは僧侶だ。この時代は男女関係が混沌《こんとん》としていたように思うが、お互い好意を持っていても、気持ちを素直に伝えることは、はばかられただろうか。出逢って日は浅くとも情熱は抑えがたく……と、おばさんのゲスな想像はかき立てられる一方だ。それにしても祐清さんはどんな人だろう。早く実物を見たいものだ。

母屋に移ってからは以前にも増して、たまがきさんとよく話をした。屋敷の人たちとも仲良くなった。記憶喪失で帰る家もない私に、みんなは優しく接してくれる。私も彼らの屈託のない笑顔に救われている。彼らから見た私は、突然やって来た未知の人物なのだから、胡散臭《うさんくさ》いと思って当然だろう。ところが、私の過去を詮索したり悪口を言ったりする人は誰もいなかった。その懐の深さには感謝しかない。私も居候では肩身が狭いので、半ば奉公人として間借りさせてもらうことにした。

最初に仲良くなったのは、初対面で私を不審者呼ばわりした平八さんだった。彼はまず、福本家のことを教えてくれた。たまがきさんのお父さんはすでに亡くなっていて、お母さんとたまがきさん、兄の盛吉さんの三人が母屋に住んでいる。盛吉さんは「惣追捕使」という役職で、福本家は代々その職を継承しているそうだ。「惣追捕使」は警察のような仕事で、盛吉さんは祐清さんと共に代官職も担っているとのこと。惣追捕使のほかにも、荘園の財産管理をする「田所《たどころ》」と、文書の管理をする「公文《くもん》」という役職の人がいて、惣追捕使と田所、公文の三役をまとめて「三職」と呼ぶそうだ。田所の金子《かなご》さんと公文の宮田さんの屋敷は、ここから少し離れた場所にあって、三人の結束は固いとのことだった。

平八さんは、三職が領民と協力して祐清さんの前任の悪代官を追い出した話を、喜々として話してくれた。たまがきさんから大まかに聞いていたが、やはり、数年続く異常気象が大いに影響していた。田植え時期には日照り続きで水不足が深刻になり、冷夏長雨のせいで、夏にも冬の着物を着るほどだった。おまけに秋には台風が襲い、イナゴの大発生もあったというから、作物の収穫など到底望めない状況だ。さらに水害で疫病がまん延したため、飢えと病気で多数の死者が出て、近隣の村では人肉を食べなくては生きられないほどの飢餓地獄だったという。

ところが京都にいる代官の安富《やすとみ》さんは、部下の大橋さんに命じて容赦なく年貢を取り立て、事もあろうに、そのほとんどを寺家様（東寺）に納めることなく、数年にわたって着服していたのだ。「おぬしも悪よのぅ」という、お茶の間時代劇の一場面が目に浮かぶような話である。当時の田所職だった太田さんは、上洛《じょうらく》（京都に行くこと）して安富さんの悪事を東寺に直訴した。ところが、それを知った安富さんは怒って太田さんの職を奪うと、自分の部下である古屋《ふるや》さんを後釜に据えた。

代官の横領を知った領民は怒り心頭。近隣の領民にも声をかけて郷原八幡神社に集結し、団結して悪代官たちを新見庄から追い出した。悪代官の差し金で田所に就任した古屋さんだったが、この時は代官を裏切って領民側に付き、他の三職と共に戦った。今では土地の名前を取って、金子姓を名乗っているそうだ。

さてその後、東寺に宛てて「直務《じきむ》代官（東寺直属の代官）を派遣してほしい」という要望書を送り、ひと月後には名主四十一人の連判状も出したけれど、東寺側はなかなか動いてくれなかったのだと言って、平八さんは眉間にしわを寄せた。

「平八さん、どこで油ぁ売りょうるん（油を売っているの）。今日は三の日じゃけぇ（だから）、早う市場に行かにゃあいけんが（行かなくてはいけないよ）。お代官様は、とっくに行っとってで（とっくに行かれているよ）」

「おお、そうじゃった。たまがきさんに紙を買うのを頼まれとったんじゃ（頼まれていたんだ）。ついでに外の話も仕入れてきちゃろう（きてやろう）」

「早う帰ってきんせぇよ（早くお帰りなさいよ）」

「おう。ちょっと行って来らぁ」

平八さんがお遣いに行くと、入れ替わりに善兵衛さんがやってきた。

「平八はすぐ忘れるけぇのう。ちいとといい（ちょっと遠い）が、昼までにゃあ戻ろう」

「市が立つんですか。賑やかでしょうね」

「そうよ。毎月三のつく日にゃあ、三日市《みっかいち》の中州に、ぎょうさん（沢山《たくさん》）の市が立つんじゃ。地頭の政所のねき（近く）にある二日市にゃあ、二の日に市が立つんで。市の日は賑やかなんよ。この辺だけじゃのうて（だけではなくて）、よそからも、ぎょうさんの人が来るんじゃけぇ。酒に干物に豆腐…舟で川を上って来るけぇ海のモンもあるし、和泉や播磨のモンも並ぶんよ。食うモンだけじゃのうて、畳表や着物も売りょうるんぞ（売っているんだぞ）。女子衆《おなごしゅう》（女の人たち）は絹が目当てじゃ。せえでも（それでも）みんな、食うモンにも困りょうるんじゃけぇ（困っているのだから）、近頃は人が少のうなった（少なくなった）」

善兵衛さんは、ひとしきり市場の説明をしてくれた。要するに簡易のスーパーマーケットらしい。それにしても、彼らの方言を自然に理解している自分に驚く。祖母の使っていた方言が脳に刻みつけられているのだろう。幼児体験恐るべし！

善兵衛さんは、ついでに平八さんの話の続きをしてくれた。

直務代官を要望してしばらくしたら、東寺から祐深《ゆうしん》さん、祐成《ゆうじょう》さんという二人の僧を派遣すると返事が届いた。ほどなく京から、庄内の下見をするために門指《かどさし》（雑用などをする下級職員）の了蔵《りょうぞう》さんがやって来て、そのひと月後に祐深さんと祐成さんを迎えた。新見庄の人々は、京から新しい代官が来ると喜び、到着の日には百人余りが松明を持って集まったそうだ。迎えの馬も用意され、三職や名主もお酒を手に出迎えたが、二人は単なる調査人だったと知ってがっかりしたという。

祐深さんと祐成さんは、二カ月かけて新見庄のことを細かく調べて東寺に報告し、年貢の徴収を終えると、了蔵さんを残して京へ帰って行ったそうだ。領民は二人を引き留めたが、叶わなかったらしい。その時のことを思い出したのか、善兵衛さんは、「やっぱり、こがあな（こんな）山ん中にゃあ、京のお人はよう住まんのかのう（住めないのだろうかなぁ）」と言って、顔を曇らせた。

しばらくしてやっと、東寺の僧が代官としてやって来るとの知らせが入った。今度こそ自分たちの苦しみがわかってもらえると、大いに期待されて着任したのが祐清さんだ。彼は、彦四郎《ひこしろう》さん、兵衛二郎《ひょうえじろう》さんという二人の中間《ちゅうげん》（召使い）を連れて、遠路はるばる冷たい雨の中をやって来たという。

善兵衛さんが言うには、祐清さんは三十代半ばの実直で堅物な人らしい。おそらく、それが裏目に出たのだろう。祐清さんは、赴任して僅か十日ほどで寄り合いを開き、名主や百姓の前で、年貢徴収について一方的に説明したそうだ。内容は、今まで通りの年貢を徴収すること、年貢が出せない者は土地を没収すること、京に送っていた人夫の数を大幅に増やすことなど、かなり厳しくて、領民には到底飲めないものだった。三職は、人夫を増やすのは前例がないし、負担も大きいので無理だと訴えたが、祐清さんは聞き入れなかった。

「わしもそう思うたで。来て早々に年貢や人夫の話をすりゃあ、みんながよう思わんのは（よく思わないのは）目に見えとるがな。ここだけの話じゃが、代官様も、もちいと（もう少し）考えりゃあエエのにのう」

善兵衛さんは腕組みをして苦笑いした。

説明会を終えた祐清さんは了蔵さんを伴って、前年から未払いになっている年貢を催促するために領地を回ったそうだ。土地の現状をつぶさに見れば、度重なる飢饉などで領民の生活が苦しいことはよく分かったはずだ。ところが、東寺から年貢の納入を厳しく言われていたようで、決して取り立てを緩めようとはしなかった。

「代官が代わりゃあ、ちいたあ（少しは）大目に見てくれると思うたのにのう」

「そうよ。これなら前の代官と同じじゃがな」

期待が外れた領民は、了蔵さんにまで愚痴をこぼす始末。そんな陰口を耳にするたび、たまがきさんの心中は穏やかでなかったはずだ。了蔵さんも、「あまり取り立てを急がぬ方がよいでしょう」と祐清さんに忠告したらしいが、東寺への忠誠心か全く耳を貸さなかったそうだ。

名主の豊岡さんは、自分の土地は大雨ですぐに水没するから作物ができないと言って、年貢を一切納めようとしなかった。でも、それを許せば今後の年貢徴収に影響するのは必至だ。さらに、祐清さんに対する豊岡さんの態度が日頃から横柄だったこともあってか、祐清さんは御上《おかみ》の命令として豊岡さんの土地を取り上げ、庄内から追放してしまった。その後に豊岡さんを見た者がいないため、殺害されたという噂《うわさ》が立った。そんなことがあって嫌気がさした了蔵さんは、早く京に帰りたいと親しい人にこぼしていたそうだ。それでも、祐清さんの身辺が落ち着くまで留まるように東寺から言われ、しばらく我慢していたそうで、やがて自分の役目を終えると、祐清さんを残して京へ帰って行った。

「誰もかれも、いにんさる（帰ってしまわれる）」

善兵衛さんは頭を掻《か》きながら仕事に戻った。

そうこうするうちに一週間が過ぎた。

「明日は祐清様が戻っておいでです」

たまがきさんは嬉《うれ》しそうにそう言った。やっと祐清さんに会えると思うと、私の胸も高鳴った。

翌日の夕方、ついに、外回りから帰った祐清さんと顔を合わせることができた。簡単な自己紹介をした私に、軽い会釈で応えた祐清さんは、足湯の支度をするために裏口へ回ったたまがきさんを目で追っていたが、すぐにこちらに向き直すと、再び会釈して裏へ向かった。お坊さんなので色白の優男をイメージしていたが、炎天下を歩いていたせいか、浅黒く精悍《せいかん》な顔立ちだ。うーん。私の好みではない。

屋敷周辺の田んぼに水が張られ、今年こそはと、方々の神社で豊作の祈りが捧げられている。季節は確実に夏へと向かっていた。

その日、私は屋敷の人とあぜ道に立って田植えの様子を見ていた。早朝に、牛を使って「代《しろ》かき」（水田に牛を入れて歩かせながら均等に均す）をしたそうだが、それは見逃してしまった。

三十年ほど前だったろうか。幼かった娘を連れて、隣町で催された田植祭りに行ったことがある。その時は、牛の代かきや田植えの実演を見物した。多くの観光客が見守る中、腰ミノをつけた男性が牛を操って代かきをする。次に、紐《ひも》で肩から太鼓を吊り下げた数人の男性があぜ道に並び、調子の合ったリズムを響かせる。同時に田植え歌が始まった。牛が引き揚げた後の水田に、赤や黄色の飾りを付けた笠をかぶって、絣《かすり》の着物を着た早乙女（主に小学生や中年の女性だった）たちが一列に並ぶと、太鼓のリズムに合わせて機械のように手際よく苗を植えていく。田んぼを取り囲む見物客は、思い思いにカメラのシャッターを切る。あの時の太鼓と囃子《はやし》のリズムが、今聞いているものと同じだとしても、作業の厳しさは段違いだ。軽快な太鼓と伸びの良い歌声はまさに、水田で作業をする人々の辛さを和らげているようだった。

「苗が真っすぐに植わって……さすがじゃなぁ」

感心して思わずそう漏らした私に、若い使用人の峰《みね》さんが一束の苗を手渡した。

「あんたもやってみんせぇ（あなたもやってごらんなさい）」

あまり気が進まなかったが、背中を押されて仕方なく泥田の中にゆっくり足を入れた。冷たくてヌルヌルした感触が思いがけず気持ちよかったが、前に踏み出すはずの足が、ぬかるみから抜けないではないか。泥と格闘しているうちに、バランスを崩して尻もちをつきそうになった。みんなが笑い、私も苦笑した。誰かが向こうの方で「痛え!」と叫ぶ。「蛭《ひる》じゃがな。わしもさっき食いつかれたぞ」と、隣に住んでいるお調子者の秋末《あきまつ》さんが笑った。

「蛭がおるんじゃ。食いつかれるけぇ、もう上がりんせぇ(上がりなさい)」

春さんが私の手を掴んで引き上げてくれた。やれやれ、助かった……。田んぼに入っていたのは一〇分ほどなのに、足がとても重く感じる。すぐ横の溝で足の泥を落としたが、見えない所にも付いているので苦労した。

「あっ、こけぇも付いとらぁ(ここにも付いているよ)」

峰さんが着物の袂《たもと》に唾をつけて、私の頬の泥を拭ってくれた。

太鼓の音は一日中鳴り響いた。まだ田植えの段階なのに、米作りはこうも大変なのか。この先、稲刈りを終えるまで、どれほどの手間をかけるのだろう。それなのに、その大切なお米を悪代官が搾取していたなんて……許せない!

その日から、散歩がてら田んぼを観察するのが日課になった。緑の苗で満たされた水田を見ると、小学生の頃を思い出す。学校帰りにはよく、通学路の脇にある田んぼのあぜ道に入って道草をした。温《ぬる》くて生臭い水に手を浸していると、小さな足がついたオタマジャクシや、水面を軽々と移動するアメンボウを見つけた。遠くから同級生が「ゲンゴロウじゃ」と叫び、指で挟んで周りの友達に見せびらかした。幼かった日の私は、その日、その瞬間のことしか考えていなかった。

子ども時代に思いを馳《は》せながら、のんびり散歩をしていると、ほかにも苦笑してしまうことが多くある。ここに来たばかりの頃は、元の世界に戻れるかどうかもわからないのに、二十一世紀のカレンダーを手書きして日にちを数えていた。今思えば無意味なことだ。テレビや電話のない生活に嫌気がさすこともたびたびだった。あの時は苦痛でたまらなかったのに、今は着信音の煩わしさから解放されてホッとしている。夜の静寂も悪くない。灯りのない夜の世界は、月の光さえまばゆい時がある。枕草子ではないが、飛び交う蛍も趣深いものだ。おまけに五感が研ぎ澄まされるのか、朝の空気で自然の変化を感じ取れるようになった。忘れていた子ども時代を再現するかのように、のびやかに生きていられる。村の悲惨な話題を除けば、ここの暮らしも悪くない……。

いや、そう思いたいだけなのかもしれない。もともと面倒くさがり屋で、キャンプすら大嫌いな私に、ここの生活は厳しすぎる。井戸水を汲んだり火種を作ったりの、気が遠くなるようなスローライフにはうんざりだ。それに、いろんな種類の虫と遭遇するし、何よりも死と隣合わせの中、一人で生き抜くことなど絶対にできない。そう。本当は散歩などしている場合ではないのだ。それでも、未来へ帰る希望を見つけるために、あのヤマボウシの木がある辺りまで毎日ひたすら歩いていた。夫と娘、そして大切な人のことを思いながら……。

夫とは仕組まれたお見合いがきっかけで、かれこれ三十年近く付き合っている。

叔父の会社に就職して二年ほど経《た》った頃のことだ。当時の私は精神的にかなり参っていて、結婚する気が全くなかった。

ある日、叔父から取引先の接待に同行するよう言われた。先方は県内屈指の建設会社、岡菱建設の社長だ。テレビのコマーシャルに社長自ら出演していたので、顔だけは知っていた。花山建設とは比べ物にならない大会社だし、とてもじゃないが自分に接待は務まらない。当然、断るつもりだった。ところが、「何事も経験じゃ」と言う叔母に、無理やり高級ブティックに連れて行かれて、「あんたの顔には、これがよう似合うけぇ」と、自分では決して選ばない色のワンピースを買い与えられた。タダで高級婦人服をもらって、後に引けなくなったのはたしかだ。

その日は朝から、緊張で食べ物が喉を通らなかった。午後から叔父と電車で岡山へ行き、駅からタクシーに乗った。叔父は、今夜は用事があって遅くなるからホテルに泊まると言って、車中で私に帰りのタクシー代と電車代を十分すぎるほど渡した。高級感漂う料亭に到着すると、一層、緊張感が増した。私は金魚のフンよろしく、叔父の後ろについて奥の座敷に入った。すると、テレビ画面そのままの岡菱社長が満面の笑みで迎えてくれた。隣には秘書らしき男性が控えている。接待する側が遅れて焦っている私を尻目に、叔父は右手を軽く頭の上にあげて、「すまん、すまん。遅くなった」と言いながら座布団にあぐらをかいた。その時初めて、岡菱社長と叔父が旧知の仲と知ったのだった。秘書らしき男性は、拍子抜けした間抜け顔をさらす私を見て、苦笑いしながら下を向いた。

岡菱社長は開口一番、「この際、面倒な前置きはやめよう」と言い、なぜだか隣に座る秘書らしき男性のプロフィールを語り始めた。名前は川村昭平。岡菱建設に入社して六年目、今年で二十八歳になる。岡山市内にある不動産会社の三男坊で、お母様は早くに亡くなられ、今は市内のアパートで一人暮らしをしている等々。話し終えると食事もしないで、叔父と一緒に店を出て行った。この流れからすると、いくら鈍い私でも、これが接待という名の「お見合い」だと気づく。ここ数日の叔母の態度にも合点がいった。私の周りの大人たちは秘密裏に事を運ぶのが好きらしい。おそらく目の前のこの人は、花山夫妻のお眼鏡にかなった男性であり、私の両親も了承済みなのだ……。私の人生は何もかも仕組まれているのだと思うと、無性に腹が立った。けれども、目の前にいる川村昭平さんが悪いわけでは決してない。長身で私好みの「あっさり顔」だし、私が苦手とする雑な人種ではなさそうだし、真面目そうでいい人そうだ。一日限りのデートなら悪くない相手だと思った。

川村さんは基本的に無口で、自ら多くを語らない人だった。それでも、接待見合いを承諾した経緯は進んで話してくれた。当時、女性は二十四歳までに、男性は三十歳までに結婚するのが一般的だった。ところが彼は仕事一筋で、気がつくと周りの同期はみんな結婚していた。家族も「いい加減身を固めろ」とうるさく言うので、そろそろと思っていたところに社長が話をもって来た。決して遊んでいたわけではないと、恥ずかしそうに言った。彼が遊んでいようがいまいが、私にはどうでもよかった。失恋を引きずったまま結婚する気はないし、お腹に大きな手術痕もある。医者からは一応、妊娠可能と言われたが、それもどうだかわからない。「幸せになりたければ、私と結婚しない方がいい」と断った上で、せっかくだからと、料亭のご馳走を全て平らげたのだった。それなのに彼は、勝手に次のデートの日を決めた。疑問符が頭上で躍ったが、食事をするだけと言うので、特に断る理由もなかった。

食事と世間話に何度か付き合ったら、彼が思った以上に真面目で正直で思いやり深い人だとわかり、私の凝り固まった心は徐々にほぐれていった。そして一年後のプロポーズをあっさり受けて、職場近くの安アパートで新婚生活をスタートさせた。

結婚しても姓は変えたくないという彼の希望で、私は川村の籍に入った。磯野家のマスオさん状態になった夫は、次期社長候補として、叔父に仕事のノウハウをたたき込まれることになった。周りは二世誕生を待ち望んでいたが、なかなか期待通りにはいかず、三年後にやっと妊娠した時は、みんなで大喜びしたものだ。そして女児誕生。名付け親は私の母だ。神棚から突然、「珠希」という名前が降ってきたと言ったが、私はそんな神がかった話を信じてはいない。

娘が中学に上がるのを機に、町はずれにある格安の土地を買って小さな家を建てた。庭だけは広かったので、せっせとガーデニングに精を出した。その甲斐《かい》あって今では、様々な庭木や花壇に一年中何かしらの花が咲く。絵に描いたような幸せを味わっていたのに……二年前、叔父が夫に社長の座を譲ると、私にも事務の他に接待やクレーム対応などが回ってくるようになった。覚悟していたものの、社交性のない私にはかなりのプレッシャーだった。ちょうどその頃、父の健三が心臓発作で他界し、私も体調を崩して一週間の入院を余儀なくされた。その時ばかりは、私が何をしても文句ひとつ言わない夫が、「頼むから仕事を辞めてくれないか」と、かなり厳しめに意見した。私はその一言で仕事を辞めた。

働いている時は専業主婦が羨《うらや》ましくて仕方なかったのに、三カ月もすると暇を持て余すようになった。おまけに、どことなく体調がすぐれず、何となく憂鬱《ゆううつ》で、真っ昼間からメソメソ泣くこともしばしばだった。夜はなかなか寝付けず、夜中に何度も目が覚める。遠い過去の後悔を他人のせいにして八つ当たりする……。そんな状態が何カ月も続き、一時は心療内科に行くことも考えた。でも、全てを更年期のせいにして、結局受診はしなかった。

不安定で塞ぎがちな日々に微風を運んでくれたのは、兄夫妻に初孫ができるというニュースだ。若い甥《おい》っ子にとっては人生の一大事。けれども自分にはもう、そんなとびきりの幸せなど起きはしない。この先は思い出を反すうして生きるしかないのだと、人生の終焉《しゅうえん》を迎えた虚しさや諦めの気持ちがフツフツと沸いた。気が滅入っている時は、人の幸せすら己の不幸にすり替えてしまえるのだ。そんな時はいつも、「平凡な日常の繰り返しこそが幸せ。日々流されていくのが人生だ」と、啓発本に書かれているようなセリフを頭の中で繰り返し呟《つぶや》いた。でも、それでも頑固な自分の心を誤魔化《ごまか》せはしなかった。

不安定な精神状態が続くのは、きっと何かが足りないのだ。些細《ささい》なことでいいから、生を実感できる何かがほしい……。そう思っていた五月のある日に、とんでもないことが起きてしまった。そりゃ、たしかに刺激を求めてはいたが、ここまで激しいものは望んでいなかった。なぜ私がこんな目に遭わにゃならんのだ……。締めくくりはいつも、どうにもならない愚痴になる。あぁ、もう一度、我が家に帰りたい。家族や友人に会いたい。みんな元気かな。私が消えて大騒ぎしていると思うけれど、ここからでは何のサインも送れないのがただただ悔しい……。そういえば今の時期、花壇には何が咲いているだろう。こっちの世界に来る前は、薄紫やピンクの芝桜が庭を埋め尽くし、壁を這《は》う白のツルバラが重いほど咲いて、甘い香りを放っていたな。ヤマボウシも奇麗だった。今頃は瑠璃色《るりいろ》の紫陽花《あじさい》が、ひっそり咲いているのかな。もう二度と、あの庭を見ることはないのかな……。

我が身の不幸を呪いながら道の先を見たら、偶然、あれと同じ色をした山紫陽花が目に入った。ああ。神様は、こんな私を憐《あわ》れんで、代わりのものを見せてくれたのか。ありがたい……。もし、私がここで死んだらどうなるだろう。一応、埋葬した上に石でも置いてもらえるだろうか。数百年先には、苔むした墓標がこの辺りに転がっていて、誰かがそれに腰掛けたりするのかもしれない。もしかしたら、その誰かは私だったりして……。でも、戦争に巻き込まれたら遺体は放置されるな、などと、苦い気分を味わっていると、ある後悔が頭から離れなくなった。こうなるまではお気楽に生きてきたが、こんな私でも人生の心残りがあるのだ。

私は昔から人見知りで臆病で、大学に入るまでは、一人で知らない場所に行ったことがなかった。自分は両親に守られていて、彼らの言う通りにしていれば間違いないと信じて疑わず、彼らを尊敬すらしていたのだから、反抗するなどもっての外だった。

高校二年の夏、老人ホームでボランティア活動をしたのがきっかけで、福祉の道を目指そうと思うようになった。進路担当の教師に相談すると、大阪の某大学を勧めてくれたので、早速それを両親に伝えた。彼らは、内向的な私が外の世界に目を向けたことを歓迎し、四年後に岡山へ帰って来るのを条件に賛成してくれた。あの時は、親と離れる不安より自立したい気持ちの方がまさっていたのだ。

やがて、念願の一人暮らしが始まった。自分で食事を作って掃除や洗濯をして、週に二回のゴミ出しをする。一人で電車に乗って洋服を買いに行く。私もみんなと同じように普通の生活ができるじゃないか！　驚きは自信に変わった。謙虚さが必要なことも学んだ。外の世界で出会った人やモノから教わることも多く、僅か数分の会話が人生を変えることもあると身をもって知った。楽しかった。誇らしかった。でも、頭の片隅には常に、親との約束があった。

時は瞬く間に過ぎて……岡山で就職活動を始めようとしていた私の前に、心から大切にしたいと思える男性が現れた。彼の名前は田辺泰裕。私より四つ年上で某企業の研究員だったが、気に入った理由はそこではない。不思議なことに初対面で、「いつかこの人と結婚するんだな」とビビッと感じたのだ。それに、一緒にいるとなぜか気持ちが安らいだ。でも、自分はもうすぐ岡山に帰るから、私たちの関係は期間限定になるかもしれない……。そう思って、彼には予《あらかじ》めそのことを伝えた。彼も承知した。ところが私は、日を追うごとに彼に夢中になり、大阪を離れ難くなってしまった。そこで、彼の存在を伏せたまま、大阪に就職したいと両親に訴えた。実家の近くには兄の俊一がいるから、自分が家の後継問題に関わることはないと高をくくっていたのだ。ところが父の健三は、約束が違うと猛反対した。母の泰代がどう取りなしても全く聞く耳を持たない。あの頃は親に逆らうことなど許されないと思っていたので、そうまで反対する理由を母にこっそり尋ねてみたら……。

父は山本家の長男で、早くに両親を亡くし、身内は妹の百合子さんただ一人。百合子さんの嫁ぎ先は花山建設という建築業をしていて、彼女の夫・洋介さんはそこの社長だ。二人は子供が持てなくて、おまけに洋介さんは一人っ子。常々、後継者問題に頭を悩ませていたが、赤の他人に会社を譲りたくないということで、たった一人の姪っ子である私に白羽の矢が立ったらしい。花山夫妻は、いずれ私を養子に迎え、婿を取って会社を継がせたいという意向を、かなり前から山本家に打診していたそうだ。ただ、山本家にとっても兄と私は二人きりの子ども。そのうちの一人を養子に出すなどとんでもないことと、当初、母は大反対していた。それでも最後は、山本・花山両家の説得に折れたらしい。

それを聞いて、父が頑《かたく》なに反対する理由がわかったけれど、それとこれとは話が別だ。父は私が福祉の道を目指しているのを、四年前から承知していたはずだし、進学前に養子の件を話してくれていたなら、その道に進んだかもしれないのだ。とにかく、勝手に私の未来を決めていたことには腹が立って仕方なかった。どうしても大阪に残りたかった私は、母に田辺さんのことを打ち明けた。母は彼がどんな人か気になったようだが、真面目な人で、私をとても大切にしてくれると伝えたら、一応、納得したようだ。

数日後、父を説得するため実家に電話をした。すると、母から田辺さんのことを聞いていた父は、私が話を切り出す前から興奮した様子でこう言った。

「頭を冷やせ！　岡山に帰らにゃあ勘当じゃ」

いきなりのことでびっくりしていると、普段の温厚な父とは思えないほど激しい口調で、「相手の名前と勤務先を言え。タダじゃあ済まさん！」と、脅迫めいたことを言い始めた。その言葉は、私ではなく田辺さんに対する脅しと取れた。父と同年代の今なら、あの時の父の気持ちが理解できるし、本気でそんなバカなことをする人ではないとわかってもいる。でも、当時の私は今よりもっと無知で世間知らずだったから、父の言葉をまともに受け取って激しく落ち込んでしまった。勘当されるのは仕方ない。でも、もしも父が探偵を雇って田辺さんの名前や会社を調べあげ、仕事先に怒鳴り込んだら……。あるいは彼の家に乗り込んで脅しでもしたら……。頭の中に最悪のシナリオが次々と浮かんだ。絶望的だ。私には、怒りに震える頑固な父を説得などできない。ならば、この状況を田辺さんに正直に打ち明けようか……。ダメだダメだ。絶対に嫌われる。どうしよう……。

父の言う通り、頭を冷やしてよくよく考えてみた。親の身勝手さには腹が立つ。でも自分も、卒業したら帰るという約束を破ろうとしている。それに、田辺さんとの関係はまだ始まったばかりで、今は私だけがのぼせ上っている状態だ。重要なのは、今の彼の気持ちだろう。正直、彼が私をどの程度思ってくれているのかわからない。そもそも「三月まで」と決めていたのだから、私がここに残ることは彼にとって迷惑かもしれない。だとしたら、今後の成り行きを見て身の振り方を決める方が、お互いのためではないだろうか。今はひとまず親の顔を立てようか……。私は人生を甘く見て、二兎追う道を選んでしまった。両親の密約と彼の気持ちを言い訳にして、自分の本心と向き合うことから逃げたのだ。

それから間もなく、突然、田辺さんが心の内を明かした。

「こんなことを言うのは筋が通らないけど……裕希と離れたくないから大阪に残ってほしい」

思いもよらない言葉を聞いて、気絶するほど嬉しかった。でも、タイミングが悪すぎる。あとひと月早かったなら……。こうなったら絶対に父を説得するぞ！　そう決意した途端、彼の口から耳を疑う言葉が飛び出した。

「残ってくれる？　僕のこと抜きで、純粋に仕事のことだけを考えて大阪に残るのならそれでもいい。どう？　一人でも大阪でやっていく自信がある？　その覚悟がないなら残る資格もないよ」

えっ？「一人でも」とか「残る資格がない」って、どういうこと？　別れが前提の言葉としか思えない。さっきは離れたくないと言ったくせに、誠実な彼がなぜ、面と向かってこんなことを言うのだろう……。一瞬でも有頂天になった自分が恥ずかしくて、つい、「……ない。帰る」と言ってしまった。彼は何も言わなかったけれど、心底がっかりしたあの表情は今でも忘れられない。私はすぐに、心にもない言葉を吐いたことを後悔した。そして思った通り、あのバカな一言が私の運命を決めたのだ。

彼の言葉の意味を何度も何度も考えた。きっと彼は、今は私と離れたくないけれど、ひと月先には別れる可能性もある、と言いたかったのだ。つまり、別れた時の責任逃れのつもりで、「一人でもやっていく自信がなければ残るな」と念を押した。そして、予防線を張った自分の身勝手さを、「筋が通らない」と言ったのだ。正直だけど、ずるい……。でも、それでも私は大阪に残りたかった。大阪に残って、その後に彼が別れを告げても、自分が選んだ結果なら納得できる。けれども我を張って残ったがために、彼の将来が傷ついてしまうなら、そっちの方が耐えられない。やはり彼に、父の言葉を正直に伝えようか……。でも、もし理解してくれたとしても、父の怒りを鎮めてまで私を引き留めるほどの覚悟が彼にあるかというと、ノーだ。つまり、彼を守るためには帰郷するしかないのだ。私が身を引くことが彼の将来の幸せにつながるならば、それこそが私の幸せだ。遠距離恋愛は別れる確率が高いらしいけど、万が一にも今の関係が続いたら、その時は時間をかけて親を説得しよう。そうなると信じよう。もしも彼が心変わりしたら？　彼が決めたことなら従おう。諦める覚悟はある！

未熟で夢見がちな少女は、自己犠牲という感覚に酔っていた。

その後も私たちは、互いに複雑な気持ちを抱えてデートを重ねた。私の方は相も変わらず、無意識に別れの準備をしていた。ところが彼は、別れずに済む方法を探っていたのだった。もっとも、それがわかったのはしばらく後のことだが。

悩み迷った挙句、彼は二人の将来についてベストな選択をした。そして年に一度、恋人たちが浮足立つ特別な日を選んで、私にこう告げた。

「僕は裕希を岡山に帰したくなかった。でも、強引に引き留められなかった。なぜなら……僕は、尊敬できて一〇〇％愛を感じられる女性と、我を忘れて没頭するほどの大恋愛をして結婚したい。裕希は今まで出会った女性の中で一番心を動かされた人で、僕が初めて愛した女性だ。いいパートナーとして、一生上手くやっていける自信もある。でも、結婚したいほど愛しているかといえば、わからない。今の時点で結婚を決めることに納得がいかない。この先、僕たちがどうなるかわからないのに、結婚するための積極的な理由が見つかるまで待ってくれとも言えない。きっと、今ダメなものはこの先もダメで、僕たちが結婚する可能性は低いから……お互いの将来のために別れよう。僕は必ず乗り越える。だから君も、幸せになるために前を向いてほしい」

頭が真っ白になって、すぐに言葉が返せなかった。

私が岡山に帰る本当の理由を知らないくせに、何でそんなこと言うの？　なぜ今、結婚を考える必要があるの？　結婚前提でないと付き合えないの？　積極的な理由って何？　今はなくても、やがて見つかるかもしれないのに、私はそんなに伸びしろのない期待外れの女？　一〇〇％の愛なんて存在しないでしょ。やっぱり嫌だ。別れたくない。少しでも繋がっていたい……。泣き叫びたい気持ちを我慢しながら、「今の関係を解消してもいいから、せめて友達として存在し続けたい」と願った。すると彼は、「しこりが残るから友達には戻れない」と言った。終わった……。

彼ほど愛せる人には、二度と巡り会えないだろう。だから本心は、「今、手を離さないで。もう少し私に時間をください。本当の私を見てください。あなたじゃなきゃ嫌だ」と、わがままを言いたかった。でも、乗り越える決心をした彼に、今更何を言っても気持ちは変わらないだろう。ここで私に駄々をこねられても困るだろうし、言い訳もしたくない。私が彼の決断を笑顔で受け入れさえすれば、全て丸く収まるんだ。別れが前提だったのに途中で気が変わって、それなのに父を説得すらしないで、簡単に未来を諦めた意気地なしの私が悪いんだ。諦めろ。諦めることが愛の証なんだ……。そう必死で言い聞かせて、やっとの思いで言葉を絞り出した。

「わかった……。今までありがとう。幸せになってね」

違う！　本当はそうじゃない。こんなことを言いたいんじゃないのに……。

最後の時、彼は気まずいと言いながらも、二度と会えない私の姿を胸に刻みたいと言って、電車が出た後も長い間ホームで見送ってくれた。でも本当は、私がやけを起こして電車に飛び込むかもしれないと思ったのだろう。


一週間経ち、十日経ち、二週間経っても、なぜ彼が結婚を理由に別れを切り出したのか理解できなかった。私は一度も結婚について触れたことがなかったのに、彼はなぜ、それにこだわったのだろう……。別れの理由を最初から決めていたとも考えられるが、彼がそこまで非情な人には思えない。ならば私たちが一線を越えていたから？　真面目な彼にとって、この事実は相当重かったはずだから、遠距離恋愛になるなら結婚前提であるべきと考えたに違いない。そう思うことにした。

彼には、互いに自立していて尊敬し合える女性と結婚し、共に試練を乗り越えていくという理想があった。ところが彼から見た私は、将来の具体的なビジョンを持たず、親に依存して帰郷する未熟な女だ。一線を越えたというだけで、理想の正反対に位置する女との結婚を、あの時点では決められなかったのだ。さらに、彼にとって私は全てが初めての女だったから、今後、もっと素晴らしい出会いがあるかもと期待するのは当然なのだ。自分の大切な未来のため、そして良く言えば、私をこれ以上傷つけたくないという配慮から、この決断をしたのだろう。

それにしても、よくよく考えれば、不出来な私は自分に不釣り合いだとハッキリ言われたようなものではないか。彼のセリフは優しいと見せかけて、実は別れを正当化するための自己満足な言い訳だ。でも、あの時の私には十分に納得できたし、それでも嫌いになれないほど彼のことが好きだった。おまけに彼が一瞬でも結婚を考えていたという事実に歓喜すらしたのだ。お人好しのバカはこれだから困る。

今でも三月十四日になると、あの日のことを鮮明に思い出す。どの店で何を食べて、どんな会話をしたのか。何時に席を立ったのか……。心の中で一連のシーンを再現して息苦しくなる。もう終わりにしたいのに、どうしても頭から消すことができない。彼が意図してあの日を選んだのだとしたら、許し難い罪だ。

失意の中、帰郷した私は、実家から車で三十分ほどの場所にある花山建設に就職した。当分は実家から車で通い、仕事に慣れた頃に花山邸へ引っ越して、品行方正に暮らした。人前では明るく振舞ったが、一人になると彼のことばかり考えた。彼は私の最愛だった。ところが、彼にとって私は不要な人間だったという事実……。それが情けなくて虚しくて、毎日死にたいと思っていた。それなのに死ぬ勇気がないこと、どんなに辛くてもお腹が空くことが悔しかった。

少し気持ちが落ち着いた頃にやっと、振られた経緯を友人の雅美に打ち明ける気になった。雅美は彼女なりのコメントをくれた。

「前から思っとったんじゃけど……裕希は、背伸びしたり感情を抑えたりして付き合っとる気がした。聞いとるこっちが辛い時もあったよ。けど、相手に合わせて背伸びしたり、自分の気持ちを無理に抑えたりするのは違う気がする。長い付き合いになるんなら、自然体でいられる相手が一番よ。田辺さんが裕希を強引に引き止めんかったんは、自分の気持ちに自信がなかったから、じゃろ？　田辺さんは、自分にも裕希にも誠実でありたかったんじゃと思う。ええ加減な気持ちで結婚しとうなかったんじゃ。責任、とでも言うんかなぁ。まあ、田辺さんにとって裕希は、いい意味で大人になるための踏み台じゃったんよ。もちろん、裕希にとっての田辺さんも、そうじゃと思う」

それから、こうも言った。

「一〇〇％の大恋愛って、田辺さんは純粋な人よなぁ。ただな、私は何にでも一〇〇％はないと思うとる。特に、人の気持ちは流動的じゃから、大恋愛で結婚しても、そのうち情熱は冷めるが。一生、同じように愛し続けるのは不可能じゃ。嫌なことがあればマイナスにもなるしな。私は、宇宙一好きな人と実際に結婚する人は、必ずしも一致せんと思うんよ。変な言い方じゃけど、配偶者が二番手や三番手でも、結婚した時はそれだけの情熱があったわけじゃし、熱が覚めても、一緒に暮らしとったら情が移るが。最期に、この人で良かったと思えたら、それでエエと思うんよ。もしも相手が違っとったら、自然と別れるんじゃねんかなぁ」

彼が言った一〇〇％愛しているという情熱……そうだ。大事なのは、ずっと一緒にいたいという情熱だ。だとしたら彼にとって、私は情熱を注ぎたい相手ではなかったのだ。「今ダメならこの先もダメだ」と早々に私を見切ったのは、つまり、遠距離恋愛してでも手に入れたいと思えるほどの価値が、私にはなかったということか。だったら大阪に残っても、私たちはうまくいかなかったのでは？　自分に対して無性に腹立たしくて、彼の一〇〇％大恋愛説が、胸やけのようにみぞおちの辺りを行ったり来たりした。そして、その原因は気持ちの問題だけではなかった。

妊娠がわかった時はパニックになった。最愛の人の子供だから産みたいに決まっている。でも、今は親族の中で暮らす身。いくら私がだんまりを決め込んでも、周りは寄ってたかって相手を探すだろう。そして彼の存在を突き止めて大阪の会社に押しかける。場合によっては彼の将来に影響する……。子どもと彼のどちらが大事かは明白で、彼に迷惑をかけてまで産むことはできない。もしも今すぐ彼に真相を打ち明けたなら……真面目な人だから、きっと責任を取ると言うはずだ。でも、それは望まない結婚になる。自分の未来に私は不要と言ったのだから、そんな女との子どもなど要らない。彼に妥協した結婚をしてほしくないし、何より、うまくいきっこないではないか。家を出て、たった一人で子どもを育てるなど、今の私には不可能だ。無理心中するのが関の山……。暗い未来しか描けなくて、迷った末に産むのを諦めた。

その直後、何も知らない彼から、「吹っ切れたから友達として付き合える」という内容の手紙をもらった。友達への格下げは寂しかったけれど、縁は切れていないと思うと嬉しくて、しばらく手紙のやり取りをしていた。本当は会いたかった。もちろん、会おうと思えば会えたのだ。でも、元の関係には戻れないし、顔を見れば秘密を漏らしてしまいそうで怖かった。当然、諦め切れるはずもない。

そんな時、体調を崩して入院したら病気が見つかった。医師には「恐らくガンだろう」と言われた。今なら早期発見で治る病だが、当時は死を覚悟するほどの大病だ。周りの人は絶望を隠さなかったが、私は違った。これは子どもを葬った罰で、当然の報いだ。子どもが私を呼んでいるなら死も怖くないし、彼が隣にいない未来に執着はない。死ぬ前に一度だけ彼に会いたいと思ったけれど、この世に未練が残るから我慢して……少しでも楽に死ぬために、「あなたが幸せになってくれるまで、私は幸せになれない」と、気持ちとは真逆の嘘八百を並べ立てた手紙を書いて送りつけた。実に自分本位だが、あの時は精神を病んでいたのだと思う。あれを読んだ彼は、きっと怒って私を軽蔑したはずだ。そして、そこまでしたのに私の病はガンではなかった。投函する前にわかっていたら、彼とは今でも交流があっただろうに、なんとも間抜けなタイミングだ。人生は、本当に思い通りにならない。

死に損なった私は、再び死を望むようになった。それなのに死ぬ勇気がなかった。ならば生きるためには、生涯背負うべき罪として子どものことは決して忘れないでおこう。そして生きていれば、もう一度彼に会えるという微かな希望を持とう……。その思いだけが、あの頃の私を支えていた。それから一年ほど経って、友人から、彼が結婚すると知らされた。打ちのめされた私は無意味に時間を費した。

失意の中で気づいたことが二つあった。一つは、彼の優しさに甘えて思い上がっていたこと。彼と別れる前の私は、辛い結末を覚悟しつつ彼の気持ちを試していたのだ。どんなに私がわがままを言っても、彼は決して手を放さない。おまけに、数年先には迎えに来てくれると期待すらしていた。でも、その幼稚な望みに彼が応えられなかっただけ。そしてその原因は、大阪に残ってほしいという彼の願いを私が拒否したことにある。結局は自分が蒔《ま》いた種なのだ……。

もう一つは、彼の言葉の意味を取り違えていたこと。前に彼が、「一人でやっていく覚悟がないなら残る資格はない」と、私に厳しい言葉を放ったのは、私の自立心や本気度を試すためだった。それなのに、私は後半のきつい言葉しか記憶に残さず、彼に不信感を持ってしまった。ところが彼の本心は、別の所にあったのだ。結婚するかどうかもわからない段階で、彼の口から「自分のために大阪に残ってほしい」とは言えない。だから、私が親に依存しない自立した人間であることを期待して、私自身の意思で「残る」と言うのを待っていた。ところが私は違和感を持ったままノーと答えた。なぜあの時、あの違和感を消すために彼に真意を尋ねなかったのだろう。おまけに、素直な自分をわかってほしいと望んだくせに、まるで正反対のセリフを吐いて……。尋常ではない精神状態の時、人は短時間でかなり多くのことを思い巡らせ、挙句《あげく》に思わぬ言葉を吐いてしまうものなのか……。あぁ……。私は本当に本当に愚か者だ。

そう自覚してからは、彼の望み通り前を向こう。彼が私の幸せを祈って別れを告げたのだから、私も彼の幸せを祈りながら、彼に負けないくらい幸せになろう。私を好きになったことを後悔させないために、この先、彼と自分に恥じない生き方をしよう。そして、いつか偶然に会うことがあれば、私を手放したことを彼に後悔させるほどいい女になっていようと決意した。

ほどなくして接待見合いをした私は、幸せの予感に手を伸ばし、ほぼ思い通りの人生を送ってきた。家族のことを思わない日は一日もない。私にとって家族は確実なもの、生きた証としてゆるぎないものだ。それに対して、彼は不確実さの象徴。単なる妄想で、家族へのリアルな感情とは別物だ。それなのに、あの幻のような日々にある彼の姿と激しい喪失感、強い後悔から抜け出せないのはなぜだろう。この仮想のような世界で不確実な者を想うことは、現実逃避という意味では自然なことなのか……。あの時、自分が選んだ道は正しかったのだろうか？　あの嘘で私が得たものは？　失ったものの方が大きかったのでは？　何度も何度も自問するが答えは出ない。もっとも、どっちの道が正しかったかなんて、選んだ方の結果でしかわからないし、こっちを選んで正解だったと思わなければ、これまでの人生を否定することになる。けれど……。

日々、死を身近に感じるうちに、精神を病んでしまったのか。それとも、言いたいことを言わずに別れた痛手が、思った以上に深かったのか……。今の彼にとって私は、単純に「懐かしい思い出」か「忘れ去った過去」なのに、私にとっての彼は、身悶《みもだ》えするほどの「甘くて苦い現在」なのだ。そしていまだ未熟な私は、後悔に悶々《もんもん》としながらこの場所で死ぬのだろうか……。

夏の盛りに夕涼みがてら、政所の前でたまがきさんと立ち話をしていたら、外回りに出ていた祐清さんが帰ってきた。同じ敷地内に住んでいても、留守がちな彼とはほとんど話す機会がないので、少し緊張してしまう。ところが……。

「ああ、裕希殿ではありませんか。こんなところで立ち話もなんでしょう。ささ、どうぞ中へ」

思いの外フレンドリーなので驚いた。バツが悪そうに急ぎ足で裏口に引っ込んだたまがきさんの様子から、二人が私のことをよく話題にしているとわかる。祐清さんは私に、玄関脇の縁側に座って待つよう言い残すと、すぐにたまがきさんを追って裏口に回った。私は軽く頭を下げて木戸をくぐり、縁側に腰かけて二人を待った。

小さな庭に植えられた百日紅《さるすべり》の鮮やかな花弁が、ことさらに目を引いた。庭に面した部屋が政所の受付兼事務所になっていて、小さな机の隅には、たまがきさんが挿した黄色い花がある。奥から聞こえる二人の笑い声から、普段の仲睦まじい様子がうかがえて、ほっこりした気分になった。

やがて、着替えを済ませた祐清さんが涼しい顔で現れた。たまがきさんもお盆を手にして、彼の後ろをついてきた。祐清さんは、巷《ちまた》で噂されているような厳しい人とは思えないほど、とても柔和な顔をしていた。

たまがきさんがお茶を載せたお盆を床に置くと同時に、祐清さんが「どうぞ」と私に勧めてくれた。一口飲んで一呼吸していると、彼がおもむろに話し始めた。

「先ほど、たまがき殿にも話したのですが、帰る道すがら、河原に黄色い花が咲いておりまして、彦四郎にその花の名を聞くと、腕っぷしと足の速さには自信があるが、そういった風流は持ち合わせていないと申します。それを聞いた兵衛二郎が、どれどれと花に近寄った途端、目の前を大きな蛇が通り過ぎたのですよ。あの巨漢が慌てふためいて、大声で飛び上がり腰を抜かしたものですから、こちらの方が慌てました。あの兵衛二郎の姿を思い出すと、気の毒だが、どうにも可笑しくて…」

「祐清様はそのようにおっしゃいますが、噛《か》まれでもしたら大変ですもの。裕希様も怖いとお思いでしょう?」

「ええ、そうですね。私も驚くでしょうね」

「ハハハ。そういえば京にいた時も、寺で似たようなことがありました。池の側に大きな蛇がいましてね。通りかかった者が大騒ぎしていたのを思い出しましたよ。池の先の塔に用事があったらしいが、蛇が怖くて進めない。殺生はいけないし、長いこと蛇と睨《にら》み合っていました」

「祐清様が京の話をしてくださると、楽しくて踊るような心持ちがいたします」

「京は賑やかですよ。目を閉じると、寺に漂う香の良い匂いがしてくるようです。あぁ、懐かしい……。話だけではつまらぬでしょうから、一度お見せしたいものです。近いうちに参りましょうか」

「はい、ぜひに」

私がいることなど忘れているかのような会話が続く。妬《や》けるほど仲が良くて、二人はまるで新婚さんのようだ。微笑ましい半面、二人の行く末を知る者としては複雑な心境だ。ほんの少し、未来を変えることはできないものだろうか。

この日を境に、祐清さんを交え三人で過ごす機会が増えた。私の同席は邪魔な気もしたが、引っ込み思案のたまがきさんがそれを望んでいるようだった。祐清さんの人となりは、たまがきさんから聞いていたが、直接話す機会を重ねると、次第に彼の気性がわかってきた。基本的には竹を割ったような性格で実直。理想が高く、思ったことは最後までやり通す頑固さも持ち合わせている。仕事の面では抜け目がなく、やや計算高くて、目的達成のためには多少の犠牲はやむを得ないと思う。半面、心を許した相手を想う気持ちは深く、情に脆《もろ》く冷徹になり切れないところもある。なんとなく田辺さんに似ている……。知らず知らずに祐清さんと彼を重ねているのだった。

たまがきさんは、祐清さんが新見庄に来た当初から、多忙な彼を陰で支えていた。庄内の細かいあれこれ…例えば領民の力関係や有力者の情報、近隣の土地事情、自然環境、意味不明の方言など、彼から尋ねられたことを分かりやすく伝えていたようだ。優しい声や控えめな態度、さりげなく机上に生けられた野の花など、彼女の真心や気配りは祐清さんの疲れた心に染みていった。それだけではない。さえずる鳥の声や四季折々に咲く花など、この土地の自然は彼に癒やしをもたらした。彼がもし早世しなければ、やがて、たまがきさんを妻に迎えたのではないだろうか。

たまがきさんも、祐清さんからいろいろな話を聞かされていた。中でも賑やかな京の話は殊の外彼女の興味を引き、やがて京への憧れも強くなっていった。最近は祐清さんの関心が庄内にあるようで、自然と見回り先の話題が多くなっていた。干ばつや飢饉続きで年貢が思うように徴収できず、東寺への納入が遅れていることを、彼はたいそう気にしていたようだ。しかし、庄内の被害を目の当たりにすると、今までと同じに徴収するのも酷である。そこで手始めに、庄内でも特に被害が大きい高瀬地区の年貢を減らしてほしいと、東寺にお伺いを立てたらしい。ただ、寺側が譲歩してそれを許したとなれば領民に足元を見られ、我も我もと周りの名主が減免を要求するだろう。そうなると今後の年貢徴収が難しくなるから、今は両者の思いに沿うような策を練っている最中らしい。豊岡さんを成敗したことも気にしていた様子で、ほかに方法はなかったものかと、たまがきさんにだけは弱音を吐いていたという。

縁もゆかりもない土地で多くのストレスを抱えていた祐清さんには、優しく包み込んでくれる相手が必要だったのだ。彼にとって、毎日顔を合わせるたまがきさんは単なる世話人に留《とど》まらず、心を許して弱みさえも見せられる、かけがえのない女性になっていたのは自然の流れだ。

たまがきさんの家族は、二人の仲を容認していた。彼女の母親は私と同年代だが、白髪で痩せている上に、夫に先立たれてからは病気がちで、私よりはるかに年上に見えた。人生五十年と言われた時代だから無理もない。あまり出歩くこともなくて、私が唯一の茶飲み友達だったようだ。

彼女の話によると、たまがきさんは十代で嫁いだが、子供ができなくて離縁され、実家でひっそり暮らしていたそうだ。そんな娘に代官の世話は荷が重かろうと、かなり心配していたらしい。でも、二人の仲睦まじい姿に安堵《あんど》して、この笑顔がずっと続けばよいと祈っていた。兄の盛吉さんは妻子をお産で亡くしていて、その後は独り身を通している。不遇な彼も二人の関係を見守っていて、祐清さんがこの地に残ってくれることを願っていた。

ある時、祐清さん、たまがきさんとお茶を飲んでいたら、たまがきさんが急用で席を外すことがあった。祐清さんと二人きりになって話のネタに困っていたら、彼が、「些細なことですが、笑わないで聞いていただきたい」と言って、小声で話し始めた。

自分は代官として政所に住んでいるが、福本家に居候しているようなものだ。薄給の上に、仕事の関係者にお金を立て替えたりもしているので、福本家からお金を借りたことがある。京に帰って立て替え分の清算をしたいと寺に訴えたが、いまだ返事がもらえない。たまがきさんが食事を運ぶ際に、粗末な田舎料理で申し訳ないといった素振りをするが、申し訳ないのはこちらの方だ。世話になっているたまがきさんに何かしらのお礼がしたいので、京に帰った時に贈り物を買いたいが、三職が、「京へは帰るな」と言って寺に文まで送り届ける始末だ。人目があるので、三日市場で買うこともできない。どうしたものか……。

たまがきさんに相談できないことを、つい、年長の私にこぼしたのだろう。それを聞いた私は、たまがきさんは贈り物など期待していない。あなたと一緒にいられることが何よりの喜びだから、そんなことは気にするな。私くらいの年になれば今日明日もしれぬから、大切に思う人には今のうちに、大事なものを貰《もら》ってもらうだろう。新しいものでなくても、心がこもっていればよいと思う。あなたはまだ若いからその必要はないが、気になっているなら、大事に思う人に真心を伝えるとか、大切なものを差し上げればいいのでは？　と、後方支援をしておいた。

祐清さんとたまがきさんが同じ想いでいるのは決定的だ。なんとも嬉しくて切なくて……あとは想いを伝え合うだけなのに……。


祐清さんの悩みを聞いた日から数えて五日目の午後、たまがきさんが浮かぬ顔でやって来た。

「少しよろしいですか？　祐清様は今朝から領地回りに出られ、お帰りが十日ほど先になるのです」

なるほど。元気がないのはそのせいか。

「私は毎日暇ですから、いくらでもお相手しますよ」

その言葉を聞くが早いか、たまがきさんは座敷に座り込んだ。ところが俯《うつむ》いたまま妙にソワソワしている。さては祐清さんが恋しいと言い出すかと思いきや、意を決したように顔を上げると、声を押し殺してこう言った。

「ここだけの話でございますが……裕希様が、この時代のお方でないのは存じております」

「！」

そっち？　まあね。いくら記憶喪失を装っても、やはり彼女にはバレていたか。ならば、私をここに置いてくれているのはなぜ？　同情？　あるいは単なる好奇心？

「おっしゃる通り、私は五百年以上も先の未来から来ました」

するとと彼女はクスッと笑い、急に無邪気な顔つきをして、「承知いたしております。実は…」と、私の反応など気にも留めずに、浮かれた様子で話し始めた。

「誰にも言うてはおりませんが、幼い頃、私も裕希様と同じ目に遭ったのでございます。その証拠に…」

彼女は懐からピンクの小物を取り出して、私の手のひらに置いた。驚いたことにそれは、この時代には決して存在しないプラスチック製の手鏡だった。ひっくり返すと、裏にはスヌーピーが飛び跳ねて笑っている。持ち手の端には、赤のマジックで書かれた小さなハート。これは私が高校生の時に買った手鏡ではないか！　たしかドレッサーの引き出しにしまっていたはずだが……。

「なぜ、これをお持ちなのですか？」

「驚かれるのも無理はございませんが、これは私がこちらに帰ります折に、裕希様から頂いた品でございます」

「はあ？　ちょっと待ってください。たまがきさんと私は、以前お会いしているのですか？」

「はい。私、半年もの間、裕希様と寝食を共にさせていただきました」

記憶になかった。私は過去のことを割と良く覚えているが、たまがきさんの言う半年間の記憶だけが抜け落ちることがあるのだろうか。やはり記憶に障害が？

「でも、私はたまがきさんとお会いしたことを全く覚えていないのですが…」

「覚えておられないのではなくて、まだ、お会いしていないのです。あの時の裕希様は、今よりお年を召されておりましたから」

「ああ？　それはつまり、たまがきさんがタイムスリップ、いえ、時を超えて、今より年を取っている私と会った、ということですか？」

彼女は嬉しげに、こっくりと頷いた。

「そう…ですか。どうりで記憶にないはずです。はぁ……少し安心しましたが…」

「はい。本当にお会いしとうございました。実は、もう一つお見せしたい物がございます」

彼女が胸元から取り出したのは、折り皺《じわ》がついて少し色褪《あ》せた写真だった。そこに写っている幼い少女と、私と瓜二つの高齢の女性……しばらく声が出なかった。

「こちらが裕希様、隣は幼き頃の私です。裕希様のお屋敷の庭で、こうやって小さな箱をかざして…」

つまり、彼女は私より先に未来の私と対面していて、別れる時に、私がスヌーピーの手鏡と写真をプレゼントしたと言うのだ。一応、つじつまは合う。でも、彼女はどうやってタイムスリップしたのだろう。私のように穴の中に滑り落ちでもしたのだろうか？

「あの……何となく分かりましたが、たまがきさんは、どうやって我が家の庭に来たのですか？」

「そうですね。順を追ってお話しいたしましょう」

少し長くなる、と前置きして、彼女は語り始めた。

「あの時のことは今でもよく覚えております。あの日、私は兄や近所の子らと山で遊んでおりました。夢中で時を忘れたのでしょう。夕刻が近づき、兄が急いで屋敷に帰ろうと駆け出したのです。私も慌てて皆の後を追いかけましたが、途中、転んでしまい、足に怪我をして起き上がることもできず、大声で泣いておりました。しばらくして周りの様子を伺うと、どうしたことか真っ暗で誰もいなくなっており……不安に思っていましたら、そのうちに、ふんわりと甘い花の香りがして、優しい光に包まれて……突然、女の方に声をかけられました。その方は、私を屋敷の中に入れて傷の手当てをしてくださって……それが裕希様でした」

信じ難い話だが、私がここに来たのと同じ展開なので納得できる。ならば転んだ拍子に偶然、未来に飛ばされたのか？　たまがきさんの屋敷の近くと我が家の庭に時空の歪《ゆが》みみたいなものがあって、彼女が我が家に来たのと同じルートで、私も偶然ここに飛ばされたというのか？　私は目を白黒させながら話の続きを聞いた。

「それから半年の間、裕希様のお屋敷でお世話になりました。裕希様は私のことを『たまちゃん』とお呼びになり、孫のように接してくださいました。帯がいらぬ短い丈の着物を与えてくださり、それから、コマが四つついた車なるものに乗って、大きな市場に連れて行ってもくださいました。そこには食べ物の他に、使い道がよくわからぬ品が沢山あって……それはもう、見るもの全て驚くことばかり。お屋敷の中も外も珍しい物だらけで、ここではまるで違う世界でした」

中世から二十一世紀へいきなり飛び込んだのだから、「そりゃそうだろう」と思う。私の逆バージョンということになるが、しかし、だ。大人の私でも不安でいたたまれないのに、小さな子どもが未知の世界へ一人で飛ばされるなんて！

「随分と心細い思いをされたのでしょうね」

「始めのうちは家の者とも会えず、とても寂しい思いをいたしましたが、裕希様のお陰で半年が夢のように過ぎました。あれから二十年近く経ちますが、あの時のことを忘れた日はございません」

袖で涙を拭うたまがきさんを見ていると、これが作り話とはどうしても思えなかった。ん？　待てよ。たまがきさんがここにいるということは、つまり私も未来に戻れる可能性があるということではないか。

「そうだったのですか。たまがきさんを少しでもお支えできていたなら良いのですが……。ところで、どのようにしてこちらに戻られたのですか？」

「新月の夜、ヤマボウシの木に近づくと神隠しに遭う。物心ついた頃より、祖母から聞いていた土地の言い伝えです。それによると、この先の山中にある大きなヤマボウシが十年に一度、たいそう見事に咲くそうで。その年その月の新月の夜に、そのヤマボウシの根元に穴が開き、そこに落ちると、神隠しに遭ったように消えてしまう。次に穴が開くのは、数えて六度目の新月の夜。その時は、さらわれた先のヤマボウシの根元に穴が開き、そこに入ると元の場所に戻る。こちらとあちらを行き来できるのは生涯一度きりで、機を逃せば二度と元の世界には戻れない……。そう繰り返し聞かされたので、よく覚えておりました」

我が家のヤマボウシもそうだった。いつもは縮れて枯れたような赤褐色の苞《ほう》を所々につけるだけなのに、今年は枝が重いほど茂っていたのだ。植樹して十年経つけれど、あんなに見事に苞が開くのは初めてだった。それでも、にわかには信じ難い。

「このような話は、子が夜に出歩かぬための戒めと思っておりましたのに、本当に神隠しに遭ったのですから信じないわけにはいきません。藁《わら》にもすがる思いで、新月を待たず夜ごと、お屋敷のヤマボウシの下に座って穴が開くのを待ちました。でも、願いは叶わず……裕希様に言い伝えのことをお話ししたら、すぐに六度目の新月の日を調べてくださったので、その日は朝から小袖に着替えて夜を待っておりました。夕刻が近づき木の根元をじっと見ていたら、裕希様がそばに来られて、これは二人だけの秘密だから、決して誰にも見せぬようにとおっしゃって、こちらで過ごした証にと、この鏡と写真なるものを私にくださったのです。それから半時もしないうちに、木の根元に穴が開いて…」

「中に入った?」

「そうです。気がつくと兄の背中で揺られておりました。穴の中で起きたことは何も覚えておりません。不思議なことに、長い間よそに行っておりましたのに、こちらでは時が変わっておらぬようでした。と申しますのも、私が穴に落ちた時、前を走っていた兄たちは、途中で私がいないことに気付いてすぐに引き返したそうです。すると、ヤマボウシの木の下に私が倒れていたと申しました。兄に背負われて屋敷に帰ったのですが、わが身に起きたことを家の者に話して聞かせても、転んで打ち所が悪かったかと笑うばかりで……。裕希様からいただいたお品を見れば信じたでしょうが、あれは私たちだけの大切な秘密。誰にも話してはおりません。そう言えば、なぜだかあの膝の傷は、すっかり良くなっておりました。これ、この小さな白い筋が傷の名残でございます。本当に、狐につままれたような話で…」

「つまり、帰った時、こちらの時間は変わっていなかったのですね？」

強く頷《うなず》く彼女を見て、少し安心した。

「こちらに帰りましてから、もう一度裕希様にお会いしたくて、何度もヤマボウシの下に通いましたが、あれから穴が開くことはございませんでした。そして…」

彼女の話は、ここからが本題だった。

「実は、お別れが近くなった頃、裕希様が私の手を取っておっしゃったのです。『いつか必ず、心に深く想う方が現れる。たとえ短い間でも、その方と共に悔いが残らぬよう心のままに過ごし、二人の身に何が起きても決して諦めることなく、強く生き抜いてほしい』と。幼い私には、その意味がよく分かりませんでしたが…」

彼女は少しはにかみながら続けた。

「大切に想うお方がありまして、あの時の裕希様のお言葉がどうにも気になり、お話の真意を伺おうと……。言い伝えでは、私があちらに行くことは叶いませんが、裕希様をこちらにお迎えすることはできると思いました。そこで、裕希様にお会いしたいと、毎日ヤマボウシに願かけをしていたのです。今年はあれから十年目。ヤマボウシも見事に茂り、この機を逃せば裕希様に二度とお目にかかれないと思いました。そして待ちに待った新月の日。物騒なので外に出ぬよう言われておりましたが、それでもと、こっそり木の下に向かいました。すると、根元に大きな穴が開いており……火をかざして中を覗き込むと、底の方が何やら明るくて、裕希様によく似たお方が見えました。私は咄嗟《とっさ》に穴の中に手を入れて、その方を引っ張り上げようとしたのです。ところが屋敷の者に見つかったものですから、慌てて手を放してしまいました。その後のことが気にかかり、屋敷で気をもんでおりましたら、善兵衛たちが裕希様をお連れしたので、安心するやら嬉しいやら…。ただ裕希様には申し訳なく思っています」

何ということだろう。祐清さんとの行く末が知りたいというたまがきさんの勝手な都合で、私はここにいるというのか。でも、元はと言えば、私が幼い彼女に悲痛な未来をほのめかしたことに端を発しているのだから、自業自得か……。

たしかに祐清さんは、この夏の終わりか秋口にはこの世を去るが、それを今、たまがきさんに伝えるべきではない。賢い彼女のことだから感づいているかもしれないが、とにかく最低限、遺品をもらっておくことだけは伝えよう。祐清さんにはプレゼントの件を話したばかりだから、どちらかが行動を起こせば上手くいくはずだ。

「人生は長いようで短いですから、心に想うお方が現れたら、素直に気持ちを伝えなさいと言いたかったのですよ、きっと。お相手はもちろん祐清さんでしょう？　いずれ京に帰られるお方なら、ここにいらっしゃるうちにお気持ちを伝えておかないと、一生後悔しますよ」

「そうでしょうか。私にはもっと重要な…」

「ええ、ええ。きっとそうですよ。でも、それが無理なら、お仕えした記念に何か一つでも身の回りの品をいただいてはどうですか？」

「……それも、いささか気が引けます」

この時代の奥ゆかしい女性には、そんな図々しいことなどできないらしい。

それにしても……七歳の少女が山道で転んで偶然穴に落ち、これまた偶然、我が家の庭にやって来た。彼女がタイムスリップ的現象を理解しているとは思えないけれど、それでも自分の運命を知りたい一心で、再び私に会えると信じ続け、気が遠くなるほどの時間を待った。祐清さんを想う凄《すさ》まじい執念には「あっぱれ」と言うしかない。私が、あの日あの時間に庭で穴を見つけていなければ、そして、もしも時空の歪みにズレが生じていたなら、別の時代の別の場所に行ったかもしれない。そうすると、彼女の二十年越しの願いは叶わなかったのだ。今回のことは、単に偶然が重なっただけなのか？　それとも、時代は選べないけれど、行きつく場所はどちらもヤマボウシの下ということ？　これについては解明される未来を待とう。

たまがきさんの告白を聞いてからは、同じ体験をした者同士、時間が許す限り語り合った。カレンダーを覚えていた彼女の口から、「二〇二〇年」という数字を知らされた。私がここに来たのは二〇一〇年だから、十年後に彼女がタイムスリップして我が家の庭にやって来たことになる。整備されたライフラインやさまざまな乗り物、あらゆる生活用品、学校にコンビニ、自販機等々、数え上げれば切りがないが、彼女にとって、それらはとても刺激的だった。

中でも特に驚いたのは、ほとんどの人が男女の別なく読み書きできることと、他国の言葉が話せるということだった。ここ新見庄では、貴族の子女のみならず三職や名主などの上級農民が、「御成敗式目」や「庭訓往来《ていきんおうらい》」「字画」などの本を教科書にして、文字を学び文章を書いている。たまがきさんも読み書きができたが、当時の女性には珍しいことだった。彼女は未来を目の当たりにして、志をより高くしたのだと思う。しかし、それとは逆に、中世からやって来た幼い少女の目には、平和ボケしている日本がどう映っただろう。

彼女がいた未来の出来事のうち、驚きを持って聞いたのは、世界的な流行病《はやりやまい》で多くの人が亡くなったということだ。感染を避けるために誰もが不自由な生活を強いられ、不要な外出はせず、出かける時は常にマスクをつけて、消毒や手洗いを頻繁にしていたそうだ。医学が進歩した未来では信じられない話だが、まんざら嘘でもないだろう。未来の私は一応元気で生きているらしいが、彼女の話には夫と娘が登場しなかった。気になって尋ねると、記憶が定かではないと言った。彼女は幼かったし、二十年も前の出来事なので無理もないだろう。

朝夕の涼しさが、夏の終わりを教えてくれる。祐清さん殺害の時が近づいていることに焦りを感じていたが、危機感を露《あら》わにすると周りを不安にさせるので、それは避けていた。かといって、これといった策はない。もっともらしい理由をつけて、しばらく祐清さんに京に帰ってもらう手もあるけれど、頑固な彼を納得させられるだけの用事は浮かばない。「見回りの途中、新築中の家の前で難癖をつけられる」などと、予言めいたことを言えば怪しまれるし、第一、そんなことで怯《ひる》むような人ではない。たまがきさんに一大事でも起きれば、殺害当日の見回りを止めるかもしれないが、ハッキリした日時が分からないから、それも難しい。もっと真剣に歴史書を読んでおけばよかったと、悔やまれてならなかった。

それでも、ただ指をくわえていたわけではない。いつだったか、二人が京へ行こうと言っていたから、急いで計画を進めるように彼女を焚きつけたのだ。

「以前、祐清さんと京へ行かれる約束をしておられましたが、稲刈りの時分になれば、年貢の徴収などで今よりもっとお忙しくなるでしょう。今のうちに連れて行っていただいてはどうですか？」

彼女は少し考えて、「ああ、そんな話もいたしましたね。明日にでもお願いしてみましょうか」と笑った。


何とも、もどかしく思っていた矢先に事件は起きた。

八月二十五日の昼過ぎ、政所の前で祐清さんとたまがきさんに会った。祐清さんは馬に乗り、腰に刀を差していた。その日は朝から、中間の兵衛二郎さん、彦四郎さんと共に年貢の取り立てに回っていて、これから中奥《なかおく》方面に出かけると言った。かなりの距離を歩くせいか、肥満気味の兵衛二郎さんは情けなげな顔をして汗を拭いている。体力に自信のある彦四郎さんは、それを見て笑っている。祐清さんは、午前中に訪ねた豊岡屋敷で珍しくお茶を勧められたと、たまがきさんに話していた。中奥の年貢徴収が遅れている理由を知っている三人は、何だか憂鬱そうだった。

「どうぞ十分お気を付けくださいませ」

不安気な顔のたまがきさんに、祐清さんは笑顔で頷いて政所を後にした。私たちは彼の姿が見えなくなるまで見送った。まるで、これが最後とでもいうように。

三人を送った後、たまがきさんと私はおしゃべりに興じながら、政所の庭で草むしりをしていた。すると、未《ひつじ》の刻（十四時）を回った頃だろうか。全身血だらけの彦四郎さんがよろけながら帰ってきて、息も絶え絶えに「謀《はか》られた！」と呻《うめ》くと、その場にバッタリ倒れ込んだ。しまった！　今日だったのか。

たまがきさんが母屋に向かって、急いで水を持って来るよう叫んだ。「何事ですか」と言いながら、手桶《ておけ》と柄杓《ひしゃく》を持ってきた春さんは、彦四郎さんの姿を見た途端に顔色を変えて、母屋へ人を呼びに戻った。たまがきさんが手桶を持とうとしたら、彦四郎さんが先に取り上げて、手桶から直接水をガブガブと飲み、残りを頭からザブンとかぶった。

慌てふためく春さんを見て政所へやって来た善兵衛さんは、状況を察して、すぐに八幡様で寄り合いをしている三職の元に走った。政所へ駆けつけた三職は、呆然と傷の手当てを受けている彦四郎さんの姿に仰天した。複数の刀傷は命を落とすほどではなかったが、完治するのに数カ月はかかると思われた。顔面蒼白で震えていた彦四郎さんだったが、やがて正気を取り戻し、事件のことを少しずつ語り始めた。

政所を出て出雲街道方面に向かう途中、地頭方政所に差しかかったので、祐清さんは馬から下りて歩いた。政所をやり過ごして再び馬に乗ると、近くにいた百姓や大工たちが怒号と共に三人の行く手を阻んだ。何事かと身構えると、百姓たちが、「この辺じゃあ、普請しょうる家（建築中の家）の前を通る時にゃあ、馬から下りるんが礼儀じゃろうが」と言って、馬上の祐清さんを非難した。見ると、政所の隣に建築中の谷内《たにうち》の屋敷があったので、祐清さんは慌てて馬を下り謝罪した。ところが、百姓たちは武器を手に襲いかかってきた。殺気を感じて横見《よこみ》方面へ逃げたが、執拗に追いかけられて、とうとう横見の国主《くにす》神社の境内で取り囲まれてしまった。祐清さんが刀を抜いて応戦しようとしたところに、谷内と横見の名主がやって来て仲裁に入り、祐清さんに刀を納めてくれるよう頼んだ。仕方なく祐清さんが刀を鞘《さや》に納めたら、それを見届けた二人の名主が、すかさず自分の刀を抜いて祐清さんと平衛二郎さんを何度も切りつけた。少し離れた場所にいた彦四郎さんは、傷を負いながらも追っ手を振り切り、裏道を駆け抜けて命からがら政所に逃げ込んだ、ということのようだ。

震えながら話を終えた彦四郎さんは体中から悔しさをにじませて、「あれではとても、助かる見込みは……」と言って大粒の涙を落とした。その姿は、祐清さんを守れず、自分だけが生き残ってしまったことを恥じているようだった。

青ざめた顔のたまがきさんが、「まだ息があるかもしれん」と感情的に叫んで、政所を飛び出そうとした。その場にいた男が三人がかりで、やっと制止できるほどの

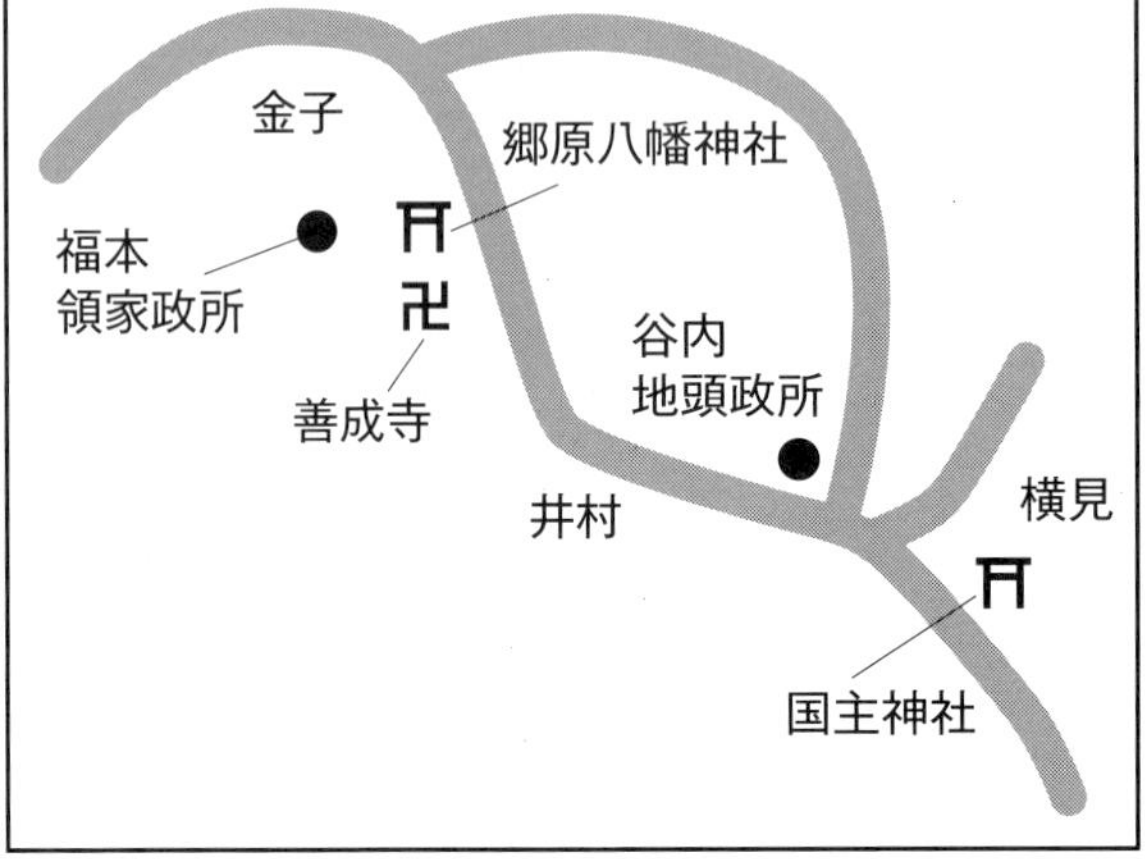

勢いだった。微かな望みにすがりたい気持ちは痛いほどわかる。私もそう願うし、すぐにでもこの目で事実を確かめたい。でも、襲撃の様子と時間の経過を考えると、すでに息はないだろう。もし生きていたとしても、この時代では手の打ちようがない。それに何より、気が立っている谷内や横見の人たちが、まだ近くにいるかもしれないのだ。そんな危険な場所に、たまがきさんを行かせるわけにはいかない。膝から崩れ落ちて泣き叫ぶたまがきさんの体を抱えながら、「お兄さんたちに任せましょう」としか言えない私は、世界一無力だった。

三職は領民に向けて、八幡様に集結するよう呼びかけた。盛吉さんは、たまがきさんのことが気がかりな様子だったが、「たまがきを頼む」とだけ言い残して、ほかの三職とともに八幡様へ向かった。

代官が襲われたと聞いて、八幡様には多くの領民が集まった。「こがあなこと（こんなこと）をされちゃあ、黙っとれん」と、皆が口々に叫び、すぐにでも横見と谷内を血祭りにあげる勢いだった。しかし、「どちらも地頭方の人間だから、考えもなしに押しかければ争いが広がる」と三職に言われて、渋々押しとどまった。それから話し合いをして、まずは国主神社で事実を確かめた後、近くに住む横見を捕まえる一団と、八幡様からまっすぐ谷内屋敷に乗り込む一団とに分かれて出発しようということになった。

領家の一団が国主神社に着いたのは、酉《とり》の刻（十八時）を回った頃だった。辺りは薄暗く、四時間以上経過した現場には人っ子一人いなかった。長時間放置されていた二人の亡骸《なきがら》の胸元には、いくつもの深い刀傷があり、荷物のみならず着物まで剥ぎ取られていたそうだ。たとえ相容れない敵だとしても、時の代官をこんなにもむごい形で殺すとは、人を人とも思わない残忍さだ。この時代は敵討ちが認められていて、こんな横暴もまかり通っていたのかと思うと、情けなかった。

ほどなくして谷内の屋敷と、そこに隣接する地頭方政所に火が放たれたという知らせが届いた。その経緯は……。

脇目も振らず国主神社に向かった一団は、惨《むご》い光景に驚きと怒りを増長させ、決して横見と谷内を許すまいと辺りを血眼で探し回った。谷内の屋敷に向かった一団は、同じ敷地内にある地頭方政所の横に、祐清さんの馬が繋がれているのを見つけた。そこですぐさま、谷内と横見の二人が政所に隠れているという情報を、国主神社の一団に知らせた。盾を突き出して挑発する地頭方の使用人に翻弄されながらも、領家の一団は必死で政所の中を探したが、中はもぬけの殻で肝心の主も不在。周辺をいくら捜しても谷内と横見の姿はなかった。ついに領民の苛立《いらだ》ちは頂点に達し、怒りに任せて建築中の谷内の家を焼くと、隣の地頭方政所にも火を放ったのだった。

同じ頃、戸板に乗せられた祐清さんと平衛次郎さんの遺体が領家方政所に帰ってきた。血まみれで横たわる祐清さんの姿を、たまがきさんに見せてはならないと思ったが、彼女は皆の止める手を振り切って遺体に取りすがり、「無念でございます」と呻いた。やがて彼女は、祐清さんと二人きりになりたいと言って、その場にいる全員を祐清さんの部屋から出すと、ただ一人で彼の体を清め始めた。平衛次郎さんの亡骸は隣の部屋に移され、福本家の人たちによって清められた。深い悲しみと沈黙の時が流れた。

祐清さんの部屋の戸が音もなく開かれた。そっと中を覗き込むようにして入ると、旅立ちの姿に整えられて横たわる祐清さんと、毅然と正座したたまがきさんの姿があった。理不尽に耐える彼女を見て、こうなると知っていながら止められなかった自分の不甲斐なさを嘆いた。

祐清さんの葬儀・法要は善成寺で営まれた。彼がこの地に眠ることになったのは、たまがきさんや福本家の強い意向によるものだろう。

祐清さん殺害について地頭方は、年貢納入を拒んだ名主の豊岡を、祐清さんが成敗したことへの敵討ちだと主張した。当時、敵討ちは合法だったため、「問題なし」として決着をつけたかったのだ。祐清さんは、殺された日の午前中に豊岡の屋敷へ行って年貢を徴収している。おそらくその時、午後から中奥へ行くことを豊岡の誰かが嗅ぎつけていたのだろう。かねてから豊岡の親戚が、同じ親戚筋の谷内・横見と結託して敵討ちの機会を虎視眈々《こしたんたん》と狙っていたのだから、豊岡側はチャンスとばかりにほくそ笑んだはずだ。（蛇足だが、祐清さんを殺害した谷内と横見は、その後しばらく豊岡の関係者にかくまわれていたというのがもっぱらの噂だ）

ところが領家方は「下馬とがめ」、つまり、新築中の家の前で馬を下りなかったから殺されたのだと言い張った。地頭方政所や谷内の家を焼いたのは、代官殺害という行き過ぎた「下馬とがめ」への報復というわけだ。互いに主張を譲らないため、やがて裁判沙汰に発展するが、おそらくその両方が殺害の理由だと思う。

ともあれ、私が歴史に深く介入しなかったために、たまがきさんは絶え間なく押し寄せる悲しみの中に身を置くことになった。彼女が祐清さんの死を予め知っていたなら、全力で阻止したに違いない。十年後の私が漏らした痛恨の一言から未来を案じ、真実を知るために私をここに呼び寄せるほど、たまがきさんは彼を愛していたのだ。味方であるはずの私が彼の死を隠していたと知れば、彼女が私を責めるのは当然だ。結末を知らなかったと言い訳もできるが、嘘はつきたくなかった。

「たまがきさん、こんなことになって言葉もありません。本当にごめんなさい」

「裕希様のせいではありません。どうぞお顔を上げてください」

「もっと早く手を打っていたら、こうはならなかったかもしれないのに…」

「いいえ。これは天の定め。私たちにはどうにもならぬのです」

「もしかして、祐清さんが亡くなると知っていたの？　未来の私がそう言った？」

「とんでもない。裕希様は何もおっしゃいませんでした。でも、このような世に生きる身ですから、覚悟はしておりました。それより、短い間でも、裕希様のお陰で幸せな時をいただけたのですから…」

「と言うと？」

「祐清様は、こちらに来られたばかりの頃、了蔵さんを頼っておいででしたが、了蔵さんが京に帰られてからは、私が祐清様の話のお相手をさせていただきました。この土地ならではの、人のつながりや気候、祭りや市の賑わいなど、さまざまなお話をするうちに、親しく言葉を交わしてくださるようになり……想いは募るばかりでしたが、やがて京に帰ってしまわれるお方ですから、これでよいのだと言い聞かせておりました。でも、心を偽らぬようにと裕希様に言われ、思い切って祐清様に想いを打ち明けたのです。すると、祐清様も心を開いてくださって…」

たまがきさんは一瞬遠くを見てから、視線をこちらに戻した。

「いつでしたか裕希様が、祐清様と京に行くよう勧めてくださいましたが、覚えておいでですか?」

「はい。祐清さんのお仕事が忙しくなる前にと」

「次の日、祐清様にそのことをお話しするつもりでした。ところが祐清様の方から、秋になったら一度、京に帰って、私と共に暮らす許しを寺家様に請うつもりだとおっしゃったのです」

「そんなことがあったのですか。さぞ嬉しかったことでしょう」

「その時は天にも昇る心持ちでした。ただ、私がここを去れば母が寂しい思いをいたしますから、できればこの地に残りたかったのです。それについては、祐清様にも考えがおありで……。実は、祐清様がこの地に住まわれるのは一年限りと、寺家様に言われていたのです。それでも年貢を多く納めれば、この先もこの地の代官職を任せていただけるのではとお考えでした。年貢を厳しく取り立てておられたのは、そのせいだったのです。凶作続きでうまくいきませんでしたが、万が一にも庄内に留まるお許しが出れば、この地で、それが無理なら、共に京に上ってほしいとおっしゃいました。母を心配する私の気持ちを知っていながら、先走ったことを言ったと詫びられましたが…」

「そうだったのですか。で、お二人はその時、将来を誓い合われたのですね？」

「はい。でも……」

「お母さまはお寂しいでしょうが、わが子の幸せを祈らぬ親はいませんよ」

「そうでしょうか…」

「もちろんですとも」

「ただ……祐清様は、庄内の不穏な空気を感じておられたようです。二日ほどして、自分の身に何かあれば、私も同じ墓に入ってほしいとおっしゃいました。辛いお言葉に戸惑っていたら、私の気持ちを察してか、わざわざ京からお持ちになっていた大切な硯《すずり》をくださったのです。そのような物はいただけないと申しましたら、これは私に持っておいてほしいと……胸騒ぎがいたしましたが、祐清様の身に何事も起きぬよう、お守りとして預かることにいたしました。それとは別に、祐清様がお留守の間、温もりや匂いを感じられる物……いつも身に着けておられる小袖（上下ひと続きの着物で、代官階級の普段着）を頂きたいと申しましたら、私の物は全てあなたの物ですとおっしゃって…」

　言い終わらぬうちに彼女はスッと立ち上がり、棚に置かれた風呂敷を大事そうに抱えて座ると、丁寧に開いて中を見せてくれた。そこには、紫紺の布に包まれた硯と、おねだりした白い小袖が入っていた。

「お守りにはなりませんでしたが…」

そう言って彼女は目を伏せた。


そんなわけで、たまがきさんが東寺に、「祐清様の遺品がほしい」という書状を送る必要がなくなってしまった。でも、そうなると未来の中世研究に影響するので、彼女には、嘘でもいいから東寺に遺品をねだる手紙を書き送るよう、未来人としてお願いした。

彼女の性格からして、祐清さんに告白することはないと思っていたが、知らぬ間に将来を約束する仲になっていたとは……。残酷にも二人の愛は成就しなかったが、美しく、崇高で、永遠で、ゆえに私の罪悪感をより深くしたのだった。


祐清さん亡き後、たまがきさんは彼との思い出が詰まった客殿で一日を過ごした。普段通りに振る舞おうと無理に笑顔を作るので、それがかえって悲しみを際立たせる。食が細り、次第にやつれていく彼女を見かねて体調を尋ねたら、「しばらく月のもの（月経）がない」と言った。もともと不規則だったが、今回はいつもと違うらしい。精神的ショックで生理が数カ月遅れることはよくあるが、もしかして妊娠しているのか？　食が細くなったのは、つわりのせい？　恐る恐る彼女に尋ねたら、「子ができなくて離縁されたのですよ」と、あっさり否定された。

長月《ながつき》、朝夕が一段と冷え込んできた。稲刈りを終えた庄内の人々は、昨年より収穫が多かったことに安堵していた。同時に祐清さん殺害や、それに伴う騒動を口にする者は減り、代わりに、年貢や新しい代官のことが話題の中心になった。

皆が口を閉ざす祐清さん殺害と地頭方政所焼失の件は、京の地頭方領主・相国寺にもいち早く伝わっていた。盛吉さんの話では、相国寺と東寺の間で、損害賠償の話し合いが何度か持たれているとのことだった。相国寺のバックには、強大な力を持つ幕府方の細川氏がいる。そのせいで、東寺は強い態度に出られないらしい。

損害賠償の話し合いは神無月《かんなづき》までもつれ込んだが、結果は予想通りだった。幕府は相国寺側の要求を認め、地頭方政所の新築と、焼き討ちの際に蔵から盗まれた物品の返還を東寺に命じた。しかし、領家側はこれに納得しなかった。政所に火を放ったのは領家の者だが、蔵は焼いていないし、盗みについても身に覚えがない。それに、そもそも領家方の代官を殺害したのは地頭方の者だから、政所を建てて返すなどとんでもない話、と言うのが理由だった。私も同感だ。

賠償の件で庄内がもめにもめている中、近々に新しい代官がやってくるという噂が走ったが、私が知っているのはここまでだ。

突然、「きたけ」が来た。急に北風が吹いて、冷たい雨が降り出す現象だ。私が幼い頃に祖母が、「そろそろ、きたけが来るで」と言って、慌てて軒下の洗濯物を取り込んでいた。これから寒い冬に向かうのだと思うと、子供心にうら寂しい気分になったものだが、ここにきて半年が経っていたのだ。

「裕希様、明日は新月でございます」

「明日、ですね……。嬉しいような寂しいような…」

「はい。私も同じ心持ちでございます。できれば来世は、裕希様と同じ時代に生を受けることができたらと…」

「そうですね。本当にその通りです。何百年もの時を超えて私たちが出逢えたのは、深いご縁があってのことでしょうから、きっとまた、何かの形でお逢いできるはずです。そういえば、あと十年もすれば七歳のたまちゃんが私のもとにいらっしゃる」

「ああ、そうでした。本当に不思議なご縁ですね」

そんな他愛ない話をしながら、中世最後の夜は、とても早く、けれども穏やかに流れた。

不意に、たまがきさんが私の目をじっと見てこう言った。

「私がこちらに帰る前の晩、裕希様に伺ったことがもう一つございます」

「えっ？　私は何を？」

「あの時、裕希様は遠くを見ながら涙ぐんで、お若い頃にある殿方とお別れしたことを、独り言のように話してくださいました。最後に、『人は、大切に思う相手に伝えるべきことを伝え損ねると、生涯後悔するものだ。たまちゃんが生きた時代はここほど自由ではないけれど、決して悔いが残る生き方をしないように』とおっしゃいました」

あぁ……。たまがきさんは、いい年をした私のバカな後悔を知っていた。おまけに私は十年後も今と同じく、全く成長していないらしい……。

「幼い私の心にも深く残るお言葉でした。あれから、どうすれば裕希様のお気持ちが晴れるかと思案し……裕希様がその方と出逢われる前にこちらへお迎えして、このことをお伝えすればよいと思い、毎日、願かけをしておりました。それなのに……時までは選べませんでした。遅すぎましたね」

えっ⁉　ということはつまり、彼女は祐清さんとの行く末を知ること以上に、私に人生を後悔させまいとして、ここに呼び出したというのか？　想像もしなかったことなので言葉に詰まった。

「そう……そうでしたか…」

タイムスリップの知識を何も持たない彼女は、若かりし日の私に必ず会えると信じて念じて、二十年もの間、ヤマボウシの根元が開くのを待っていた。ところが、呼び出した私はすでに五十五歳。思ってもみないことに愕然としたはずだが、それでも優しく支えてくれた。大切にしてくれた……。

「長い間、私のことを案じてくださっていたのですね。ありがとう、ありがとうございます。そのお気持ち、決して忘れず、この先、必ず後悔しない生き方をします」

「それを伺って安心いたしました。でも…」

「さっき、たまがきさんは時が遅かったとおっしゃいましたが、決してそうではありません。若い頃の私は、今よりもっと未熟で臆病者でした。そんな時に、たまがきさんから自分の後悔の話を聞いたとしても、結果は変わらなかったでしょう。だから、お会いできたのが今でよかった。今だからこそ、わかることもあるのです。きっと神様は全てをご存じで、私がこの年になるまで待っておられたのですよ。たまがきさん、何から何まで本当に、本当にありがとうございます」

「そのように思っていただき嬉しい限りです。……遅くまで話し込んでしまい、申し訳ありません。どうぞ、明日に備えてゆっくりお休みくださいませ」

たまがきさんはそう言って、自分の部屋へ帰ろうとした。

「たまがきさん。ご迷惑かもしれませんが、今夜はここで一緒に過ごしていただけませんか？」

「よろしいのですか？　はい。喜んで…」

私たちは並んで横になり、何も話さず、ただ目を閉じて呼吸を合わせて「今」をかみしめていた。順調にいけば、私は明日ここにいないのだ。名残り惜しさの中、隣にいる娘のようなたまがきさんの吐息と温もりを、この身に刻もうとした。

ふと、聞くなら今しかないと思って、ずっと気になっていたことを彼女に尋ねた。

「たまがきさん、あれから月のものは参りましたか？　誰にも言いませんから正直に答えていただきたいのです」

「……裕希様に隠し事はできませんね。実は、まだなのです」

「やはりそうでしたか。で、お母様はご存じですか？」

「いいえ、まだ……。近いうちに話すつもりです」

「そうですか。ここを去る身の私がこんなことを言うのは無責任ですが……愛する方のお子を生むために、まずはご自身の身体を大事にしてください。そして絶対、母子ともに幸せになってくださいね」

「ありがとうございます。この子は祐清様の忘れ形見。世間からどう言われようとも生み育てる覚悟です。でも、家の者は何と申しますでしょうか」

子どもを育てるのは大変なことだが、家族が認めた人の子どもだから絶対に喜んでもらえる。それに、昔は子どもを地域で育てていたから、近所の子どもは皆、兄弟姉妹だ。むしろ、孤立しがちな現代の子育てより恵まれているかもしれない。

「大丈夫。親はいつでも子の味方ですから、きっとわかってくださいますよ。さっきも言いましたが、無事に生まれてくるまでは、決して無理をなさらないでくださいね。私も遠くから応援させていただきます」

「そのように言っていただけると、勇気が湧いてまいります」

きっと彼女は、子どもと一緒に力強く生き抜くだろう。久々にほのぼのとした気持ちになった。同時に、その子は私が消してしまった子の分身のような気がして、彼女に育て直してほしいと願わずにはいられないのだった。


明け方近くに少し微睡《まどろ》んだようだ。目を覚ますと、隣にたまがきさんの姿はなかった。峰さんに尋ねたら、祐清さんのお墓参りに行ったのだろうと言った。

昼もかなり過ぎた頃、屋敷に帰って来たたまがきさんがはなれに顔を覗かせて、「今日は早めの夕餉《ゆうげ》にいたしましょう」と言った。手伝いを申し出た私に彼女は、「夕餉は私に作らせてください」と言い、その足で台所へ向かった。たまがきさんが腕を振るってくれた夕餉が、私にとって中世最後の食事になるのだと思うと、胃の奥がギューンと絞られるようだった。やがて、たまがきさんが、「少し早いですが」と言いながら、はなれにお膳を持ってきた。二人きりでいただく最後の雑炊は、いつもより格段に美味しく感じられた。

とっぷりと日が暮れた。たまがきさんはワンピースに着替えた私の後ろに回り、肩まで伸びた髪を短くカットしてくれた。

「そろそろ参りましょうか」

先に外に出たたまがきさんは、何食わぬ顔で塀と植え込みの隙間から二つの灯火を取り出し、火を点けた一つを私に持たせてくれた。どうやら昼のうちに隠していたらしい。私も未来のライトを持ってはいたが、別れの気分に不似合いなので点けなかった。

時間の流れは、その時の気分によって長くも短くもなる。もう少し一緒に過ごしたいという気持ちに反して、目的のヤマボウシにはあっという間に着いてしまった。二人並んで木の下に座り、穴が開くのを待つ間、私は半年間の出来事を思い返していた。きっとたまがきさんもそうだと思う。初めてここに来た日の混乱と心細さ。タイムスリップを認めるしかなかった時の絶望感。すぐにでも帰りたいと焦っていたあの頃……。そして、たまがきさんからタイムスリップの告白を聞いた時の驚きといったら……。彼女は自身の体験から、私の気持ちに寄り添ってくれた。私が今ここで生きていられるのは、たまがきさんや屋敷の人たちが優しく支えてくれたお陰だ。予告もなしに訪れた怒涛の日々。初夏から秋にかけての自然と、中世の人々の暮らし。祐清さんの死と、たまがきさんの強さ……。夢のような出来事全てに感謝しながら、見上げる空に月はないとわかっていても、ただただ、月を探していた。

ついに、木の根っこに直径三十センチほどの穴が開いた。私たちは顔を見合わせて無理に笑った。その時、ふいに思った。なぜ、未来の私は、僅か七歳の彼女に自分の後悔を話したのだろう。二度と会えない相手を前に本音が出たのだろうか。何とも人騒がせなことをしたものだ……。苦笑しながら目を閉じて、雪の中に凜と立つ木々と農村の冬景色、薄紫に霞む山々と待ちわびた春の芽吹きなど、ここでは決して見ることができないそれらに思いを馳せてみる。きっと、帰る安心感があるから感傷に浸れるのだ。

お別れだ。

「たまがきさん、本当にありがとう。全てにお礼を言います」

「こちらこそ。大切な方と心を通わせることができたのは裕希様のお陰。良き思い出とともに、この先を生き抜く所存です」

「お屋敷の皆さんに黙って行くのは心苦しいのですが…」

「ご心配には及びません。みんなには、夜遅くにご家族が迎えに来られて、すぐにこちらを発《た》たれたとでも申しておきます。それより裕希様、いつまでも御達者で。それから、よろしければこれを…」

たまがきさんはそう言って、手縫いの巾着袋をそっと差し出した。

「いただけるのですか？」

「朝からどうにも心が落ち着かず、何か気が紛れることはないかと思っておりましたところ、昼前になって急に思い立ち……いつも裕希様が着ておられた藍染めの着物と同じ柄です。お恥ずかしい出来ではございますが、こちらでの思い出に是非お持ちください」

「それで屋敷にいらっしゃらなかったのですね。ありがとう。ずっと大切にします」

心を込めて丁寧に仕上げられたこの巾着袋も、宝物の仲間入りだ。

「たまがきさん、どうぞお元気で。そして、何があっても生き抜いてください。それから、帰り道、くれぐれも転ばないでくださいね。私はそれがとても心配です」

「まるで母の言葉のようですね。はい、仰せの通りにいたします。裕希様に負けないように、祐清様の分まで生を全ういたします」

「うん、うん。約束ですよ。そしてあと十年待てば、幼い日のあなたに会える」

「その折は、どうぞよろしくお願いいたします。私はこの先、裕希様と二度とお目にかかることはないでしょう。でも、もしも来世があるなら、必ず裕希様に近しい者として生まれ変わります。そして祐清様を見つけ出し、今度こそ結ばれとうございます。裕希様、私は大丈夫ですから、ご自身のお気持ちに、どうぞ素直に生きてくださいませ。約束ですよ」

涙目で無理に笑うたまがきさんに頷いて応えると、去りがたい気持ちを振り切るように一息に穴に飛び込んだ。

体中が痺れる感覚は、中世に飛ばされた時と似ていた。でもまだ安心はできない。やがて突然の閃光に目がくらみ、少ししてソーッと目を開けると、遠くに青白い街灯の灯りが見えた。ここは？　薄暗くて見えにくいけれど、隣にヤマボウシらしき木がある。周りの様子からして、おそらく我が家の庭だ。そして……そして私は生きている。ついに生きて戻れたんだー！　様々な感情が入り混じって泣けてきた。

少し落ち着いたので辺りをじっくり観察したら、半年前と何ら変わりなく思えた。たまがきさんから聞いていた通りなら、あちらとこちらをつなげるルートは一つだから、帰る先は元いた場所。そして同じ時刻のはずだから、きっと夜の庭で涼んでいた時に戻ったのだ。大丈夫、心配いらない…はず……。

コッソリ玄関に入り、手にしたライトを戻して何気なく壁の鏡を見た。焦った。半年間の不便な生活に加えて、食事は一日二食の雑炊と僅かなおかずのみだ。凶作続きでなければ、もう少しましな食事だったかもしれないが……お陰で私の体は明らかに軽くなっていた。この分だと、軽度の脂肪肝も解消していると思われる。しかし、この空間の私は、ほんの数分間だけ外に出ていたことになっている。いくらフリーサイズのワンピースを着ているとはいえ、夫がこの変化に気づくのは明白だ。喜び半分、不安半分で居間のドアを開けると、そこにはソファーに座ってテレビをつけたまま、買ったばかりのスマホ画面に見入っている夫がいた。いつもと変わらぬ絵面だ。彼はこちらをチラッと見たが、すぐさま手元に目を落とした。これなら私が中世の着物を来ていても、全く気づかないのではなかろうか。この時ばかりは夫の無関心さに感謝し、落胆した。

　それでもバレたら困るので二階に逃げようとしたら、突然、夫が顔を上げて言った。

「月は見えたんか？」

「今日は新月じゃから見えんかった」

「そうか。ちょっと寒うなったな」

　彼はカーテン越しに庭を覗くと、そのまま書斎へ引っ込んだ。やはり気づいていない。ということは、きっと元の時間のままなんだ。やったー！　私はすぐさま自室に行って、ドレッサーの引き出しを開けた。奥の方を引っかき回すと、ピンク色の手鏡があった。やはり、この鏡以外考えられない。今はまだ、この場所にあって当然だが、十年後にはたまちゃんの所有物になるのか……。ついさっきまで感じていた彼女の温もりを思い出して、目頭が熱くなった。

　半年間の出来事は誰にも言わず、墓まで持って行くつもりだ。そしてこの先は、毎年ヤマボウシの苞の付き具合を確かめて、たまちゃんを迎える準備をする。それまでは、潔く余生を送れそうな予感がする。


　こちらへ戻った翌日から、早くも里心がついた。おまけに、たった半年、されど半年で身についた習慣や味覚などのギャップに戸惑うばかりだった。便利なのはありがたいが、行き過ぎた手抜き生活は少々疑問に思える。それでも緩い方に流されるのが人間だ。たまちゃんがこの世界に来た時の驚きは容易に想像できるが、半年後、中世に戻った時も、やはり私と同じように戸惑い、不便さを痛感したに違いない。幼い彼女にとっては残酷な体験だ。十年後にたまちゃんがここに来て、再び中世に帰ることを思えば、できるだけギャップを少なくしてあげたいけれど……無理だな。

まだ見ぬ可愛いたまちゃんに会える日を想像しながら、私は毎日のように福本の屋敷跡へ通った。伯備線に沿った細い道の途中にあるその場所には、背の高い石碑だけが立っている。近くの田んぼには水が引かれ、田植えの準備が整っていた。峰さんや春さんと田植えを見たのは、この辺りだろうか。彼女たちの優しさが懐かしく思い出される。

石碑の前で日々の出来事を語った後、Uターンしてもう一つの外せない場所へと向かう。信号がある交差点を左に折れて、丘の上にある新見公立大学へ向かう坂道を上り、校門にたどり着く手前の左手にある善成寺公園がそれだ。こぢんまりしたその場所は、祐清さんの葬儀や法要を営んだ善成寺の跡地で、そこにはかつて、祐清さんをはじめ三職のお墓もあったらしい。荘園制度が消滅した後、真言宗・善成寺は曹洞宗・善城寺に代わり、明治の初めには廃寺になった。昭和の校舎建築で、寺にまつわる物はほとんど移転されている。そのため、公園内に残っているのは、いくつかの苔むした墓石や五輪塔と、善成寺のご本尊である阿弥陀如来座像が納められた小さなお堂くらいだ。祐清さんの死後、たまがきさんは体が動く限り毎日ここに通って、彼のお墓に語りかけたことだろう。私もこの不思議なご縁に感慨を深くしながら、お堂の外からご本尊に手を合わせて帰宅する。中世散歩を始めた頃は、山中のヤマボウシ探しがルートに入っていたけれど、なぜか見つけられなかった。

たまがきさんは、タイムスリップできるのは生涯一度きりと言っていたから、私が今後、向こうに行く機会はないと思う。それでもやはり新月の夜には庭に出て、月と、ヤマボウシの根元の穴を探した。そして、いつも期待外れに終わった。

夫は毎日、朝早く会社に行き、夜になって帰ってくる。付き合いで遅くなることもしばしばだ。彼は私のすることにいちいち関心を示す人ではないので、それをいいことに、私は一人時間を中世調べに充てた。ほとんど知らなかった新見庄の歴史、祐清さんが亡くなった経緯と日時などが後世にどう伝えられているか、私が中世から帰った後の新見庄で何が起きたか、あそこで出会った人たちの消息は等々、忘れ難い場所に関する情報を、何でもいいから知りたかった。そして何よりも、私があの場所に行ったことで歴史が変わったのではないかという不安を払拭したかった。そのため、ネットで「中世・新見庄」を検索したり、図書館で郷土史を読んだり、新見美術館に足を運んだりして、当時の資料を片っ端から探した。

新見庄に関連した出来事は、東寺に現存していた「東寺百合文書《ひゃくごうもんじょ》」を読み解くことでわかるそうだ。「東寺百合文書」というのは、東寺に伝わった奈良時代から江戸時代までの全国規模の記録（古文書）のことだ。その約二万四千点残っているうちの二千点が新見庄にまつわる物で、これほど多くの資料が残っている荘園は珍しいため、中世研究者の間では有名らしい。この「東寺百合文書」は、一九八〇年に国の重要文化財に指定され、一九九七年には国宝に、二〇一五年には世界記憶遺産に登録されている。思い返せば新見駅前に「祐清とたまがき像」が建ち、「荘園サミット」なるものや、当時盛んだった「たたら製鉄」に関するイベントが開催されるなど、ローカルに盛り上がっていたのは国宝に指定されてすぐの頃だ。それを踏まえて、新見庄の歴史について順を追って調べてみた。

備中の国新見庄は、平安時代末期、大中臣孝正《おおなかとみのたかまさ》さんという人を中心に開墾された。開墾した土地は開墾者の所有物になるというのが当時の仕組みだったので、新見庄は大中臣さんの私有地ということになる。彼の素性は不明だが、伊勢神宮の宮司・大中臣氏一族の一人ではないかという説が有力なようだ。同じ頃、平清盛さん直属の部下である小槻隆職《おずきたかもと》さんが、備中の国に官人として赴任した。小槻さんは中央の下級官人だったが、したたかに立ち回って大出世し、所領もたくさん獲得した人物らしい。

当時の土地の支配者は、有力貴族や寺社を「領家」と仰いで私有地を寄進することで、税や検注（役人が税徴収のために土地の面積などを調べること）を免れるなどの特権を得て、私有地を他の干渉から守っていた。その上で、寄進先に一定の年貢（米など）・公事《くじ》（山海の産物や手工業品）・夫役《ぶやく》（労役）を納めて、事実上の現地支配をしていたようだ。開発領主である大中臣さんは、新見庄を小槻さんに寄進して、見返りに荘官職を与えられたと推測されている。

同じような仕組みで、領家の中でも力が弱い貴族・寺社は、力を持つ貴族や寺社を「本家《ほんけ》」と仰ぎ、名義上の土地寄進をして、税を一部納める代わりに自領を本家に保護してもらっていた。中央での位が低かった小槻さんも、本家の権威を借りて自領を保護してもらうために、大中臣さんからプレゼントされた新見庄を最《さい》勝光院《しょうこういん》に寄進したようだ。最勝光院は、後白河法皇が、正妻・建春門院平滋子さんと高倉天皇のために建立した寺と言われている。滋子さんは平清盛さんの正妻・時子さんの異母妹で、高倉天皇の実母にあたる女性だ。

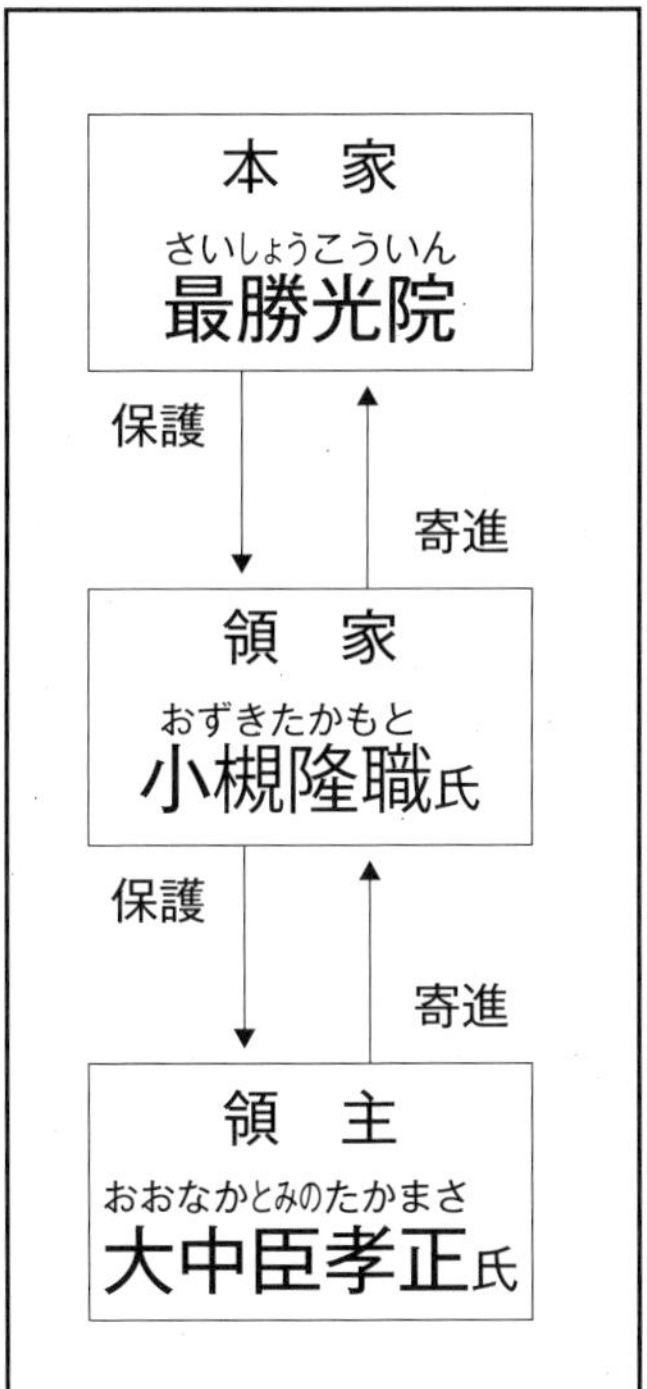

関係資料にざっと目を通すだけで、日本史の教科書でおなじみのメンバーが名を連ねるため、よくは知らないけれど結構凄いと思えた。もっとも、新見のような山奥のことを彼らが知るはずもない。滋子さん亡き後、最勝光院は実子の高倉天皇が受け継ぎ、その後、平清盛さんの娘で安徳天皇の母・建礼門院平徳子さんに継承された。平氏一門にとって最勝光院は、天皇家との結びつきを示す象徴だったようだ。壇ノ浦の戦いで平氏が滅び、一一九二年、源頼朝さんが征夷大将軍になったことは歴史に疎い私でも覚えているが、私がお邪魔したのはそれより三百年ほど後の時代になる。

源頼朝さんの政権下で幕府が力を増すと、幕府方の地頭が荘園に割り込むようになって、度々諍《いさか》いが起きた。それに歯止めをかけるため、土地を寺方の領家分と幕府方の地頭分に分けて、それぞれが土地と農民を独立して支配し、その代わり互いに干渉しないという取り決め（下地中《したじちゅう》分《ぶん》）がなされた。新見庄も例外ではなく、東寺方が領家分（現在の新見市西方）、幕府方が地頭分（現在の新見市上市。当時は井村と呼ばれた）に分けられ、それぞれに政所が置かれた。

さて、平氏滅亡の後、平氏ゆかりの寺院は次第に衰退していった。鎌倉時代に焼け落ちて、再建されなかった最勝光院の荘園は、京都の東寺に預けられた。やがて鎌倉幕府が滅びると、新見庄領家方は後醍醐天皇によって正式に東寺に寄進された。ところが、幕府を後ろ盾にして力を持った武士が、あちらこちらで乱暴な振る舞いを始める。寺側（領家方）は困り果てて、近隣の武士に土地を守ってもらったり、年貢の徴収と納付を依頼したりするようになった。東寺も、武力に頼って荘園を守るしかなかったようだ。ちなみに新見庄が納めていた年貢は、鉄や漆、米、紙などで、特に紙は東寺に重用されていたらしい。

一方その頃、度重なる干ばつや飢饉に襲われて、民衆は苦しい生活を強いられていた。ところが幕府方の代官たちは、飢えに苦しむ人々から厳しく年貢を取り立てて私腹を肥やしていたのだ。新見庄の幕府方代官・安富さんも例外ではなく、家来の大橋さんに命じて厳しく年貢や税を徴収させると、そのほとんどを東寺に納めず、主君の細川さんへ届けたり、我が物にしたりしていた。それを知って激怒した領民は、団結して安富一派を領内から追い出し、東寺に対して、寺から直接代官を派遣するよう要請した。平八さんが私に、誇らしげに話して聞かせたのがこの件だ。

横領発覚から直務代官を派遣するまでの経緯は、「東寺百合文書」の書状から知ることができる。新見庄は京都から遥か遠くの山深い田舎で、領民が団結して代官を追放するような土地柄。

故に東寺側は、並の人では太刀打ちできないと考えたのだろうか。まずは実地調査という形で、祐深さん、祐成さんという二人の僧と、雑用係の了蔵さんを派遣して、現地調査をさせている。調査を終えた祐深さんと祐成さんは、了蔵さんを残して帰京したのだが、新しい代官が来たと思っていた領民は当てが外れたので、一日も早く正式な代官を派遣するようにと、東寺に催促の手紙を出している。

「最勝光院方（東寺に在職する九人の僧侶で構成された集団）会議録」には、祐清さん派遣の詳しい経緯が記されている。それによると祐清さんは、最初は「上使《じょうし》（使者）」として新見庄行きに名乗りを上げていた。ところが、寺での身分が低いことを理由に却下されてしまう。彼のほかにも何人か志願者がいたが、適任者がいなかったようだ。東寺が困り果てていると知った祐清さんは、今度は、前回よりも格上の「代官」として派遣を希望した。彼にとって代官職は憧れでもあったのだろう。東寺側はまたも却下するが、なかなか後任の代官が見つからないため、結局、知恵に長《た》けた祐清さんを「上使」の肩書で新見庄へ送り出した。一年契約の年貢徴収係だったようだが、「上使」の立場では世間体が悪かろうという東寺側の配慮で、新見庄の三職には、「祐清上人を代官として赴任させる」という書状を出している。最勝光院方の僧侶の中には、彼の年貢納入成績が良ければ、そのまま代官にしてやってはどうかという者もいたようだ。新見の地でたまがきさんとの暮らしを望んだ祐清さんが、年貢の徴収に躍起になった理由はこれだったのだ。

そんなこんなで運命に導かれ、遠路はるばる新見庄にやって来た祐清さんの身の周りのお世話役になったのが、政所の隣に住むたまがきさんだった。

この先の半年は、私が身をもって体験したことだ。

祐清さんは寛正三年（一四六二年）八月五日、京都から新見庄に赴き、翌年の八月二十五日に殺害されたと、あらゆる資料に記載されている。私が見聞きした状況が全て載っているわけではないが、以前目にした資料と異なる点はなかった。しかし、何よりも気がかりなのは、たまがきさんに関することだ。私のせいで歴史に不具合が生じていては困る。現存するたまがきさんの書状を読むと、数年前に目にしたパンフレットとたぶん同じ内容で、当時の農村女性の生活を知る上で歴史的価値が高いと評されていた。祐清さんの遺品が手元にあっても東寺に書状を送るよう、たまがきさんにお願いしたのは正解だった。そうでなければ、彼女の存在が後世に知られることはなかったはずだ。ただ、たまがきさんのその後は、どの資料にも載っていなかった。

歴史が何ひとつ変わっていないとなると、あれは夢だったのではと、自分の記憶が疑わしくなってきた。あの半年の出来事が事実だと証明したくても、ヤマボウシの下に穴が開くのは十年先だし、誰かに話しても笑われるだけだ。同じ体験をした人でもない限り……。たまがきさんは二十年もの間、この言いようのないじれったさを抱えていたのか。屋敷で私を見た時は、どんなに嬉しかったことだろう。目に涙をためて震えていた彼女を思い出し、よくもあれだけ感情を抑えられたものだと感心する。あれは決して夢なんかじゃない！　でも、現実にあんなことが起きるわけがない。きっと私は、長い長い夢を見たのだ。人生に迷っていた自分に夢を見させたのだ。だから、たまがきさんも幻だ……。その思いが日増しに強くなり、歴史調べの熱は少しずつ冷めていった。

梅雨のある朝、新聞のすみっこに目を疑うような記事があった。数百年前から伝わる個人宛ての手紙を、とあるお寺で預かっているというのだ。手紙の宛名は「裕希様」。驚いたのは言うまでもない。

実はこちらに帰る前、東寺宛ての手紙とは別に、たまがきさんの消息が未来の私にわかる何かを、どうにかして残してほしいと彼女に頼んでいた。たまがきさんは、必ず文にして善成寺に預けると約束してくれたが、戦乱で手紙を書く余裕などなかっただろうし、仮に善成寺に預けていても、今や寺は跡形もないのだから、とっくに諦めていたのだ。おまけに自分の記憶も怪しくなっていたところに、この記事である。やはり中世に行ったのは夢じゃなかった！　でも、どういった経緯で手紙がその寺に渡ったのだろう。そこの事情は住職が知っているだろうか。いやまてよ。本当にそれがたまがきさんの手紙なのか？　もしそうなら大騒ぎになるはずだ……。興奮冷めやらぬまま、そのお寺に電話をした。

いにしえより伝わる手紙の受取人から連絡が来たことに、住職は大層驚いた様子だった。この電話が興味本位の冷やかしと取られたらどうしよう。差出人との関係をどう説明しようかと言葉に詰まり、何の準備もしないまま電話してしまったことを後悔していると、住職の方から、「ぜひお目にかかりたいので、一度、寺へお越しください」と言われた。

約束の日、ドキドキしながらお寺に向かった。境内へ続く道には、色とりどりの紫陽花が途切れることなく咲いていて、梅雨空の憂鬱をしばし忘れさせてくれた。夢見心地で先へ進むと、花の垣根の奥に住職らしき人が立っていて、笑顔で本堂へ迎え入れてくれた。そこから庫裏《くり》に続く廊下を進み、和室に通されたタイミングで、彼の妻らしき人がお茶を勧めてくれた。柔和な笑顔で話しやすい雰囲気だ。

「紫陽花がとてもきれいですね。圧巻です」

「最初は種類も少なかったんですよ。檀家さんに紫陽花の好きな方がおられて、いろんな株を植えてくださったんです。今ではずいぶん増えて、毎年、見事に咲いてくれます」

「手入れが大変でしょう」

「そうですねぇ。でも、ご近所の方や檀家さんが手伝ってくださいますから」

「あぁ、それはありがたいですね」

同年代の彼女と軽い会話を交わしていると、住職が細長い桐の箱を机上に置いた。

「これがお尋ねの手紙です」

箱の周りには変色した和紙が、まるで封印するかのように巻かれ、表には「新見庄　裕希様」と書かれていた。虫食いや汚れなどは見当たらず、一見して大切に保管されていたとわかる。住職の話では、この手紙が寺に来た経緯は不明らしい。ただ、五百年ほど後に受取人が現れるから、それまで決してこの箱を開けてはならぬ。箱のことも他言無用と、代々言い伝えられてきたそうだ。昭和になって以降、住職が変わるたび、内々に「裕希様」に該当する人物を探していたけれど、今まで見つからなかったとのことだった。たまがきさんにお願いする時、送り先の住所と氏名、送る日などの詳細を伝えておけば良かったのだが、そこまでは気が回らなかった。まあ、いずれにしてもありがたい。よくぞ無事に残っていてくれた……。

「触ってもよろしいですか？」

「もちろんです。どうぞ中をお確かめください。よろしければ、私と家内も拝見したいのですが……」

桐箱を前に、二人は興味津々のようだ。もちろん私も。

箱の裏を返すと、「たまかき」という文字があった。そこを破らないよう丁寧にはがし、恐る恐る蓋《ふた》を開けると、中には少し変色した紙が折りたたまれて入っていた。そっと取り出して、数枚の重ねられた和紙を一枚ずつ丁寧に置いていくと、見覚えのあるたまがきさんの滑らかな筆文字が並んでいた。途端に彼女の息遣いが感じられて、鼻の奥深くがジーンと熱くなり、涙が止まらなくなった。住職たちは、私が落ち着くまでの間をじっと見守ってくれていた。

「すみません……。もう大丈夫です」

感極まった私を側で見ていた二人は、その理由が知りたいはずだ。でも、説明すると長くなるし、作り話と思われるのも嫌なので、手紙の内容を確認した後の方が良いと思った。

古い言葉遣いと筆の文字は解読が困難なため、住職たちに手伝ってもらった。四苦八苦しつつ、一時間ほどで大まかなことがわかった。それによると、私が未来に帰ってしばらく後、たまがきさんは出家したそうだ。お腹の子どものことが気になっていたが、それについては一切触れられていなかった。無事に生まれ育っていれば、普通は我が子のことを少しでも記すはずである。何も書かれていないということは、もしかして、度重なるショックで一時的に月経が止まっていただけか。それとも、当時は死産や乳児の死亡が珍しくなかったから、そういった不幸に見舞われたのかもしれない。だとしたら、さぞ辛かっただろう。彼女の出家は、祐清さんと、失ったかもしれない子どもの魂を生涯弔うためだと思った。

そのほかは、戦乱の世に庄内周辺で起きた事がサラッと書き留められており、最後に、一緒に過ごした日々の回想とお礼、私の後悔をずっと心配していること、そして、来世で再び逢いたいという強い意志で締めくくられていた。

読み終えた後、しばらく誰も声を発しなかった。

庭の紫陽花を見ながら、中世の散歩道で見た瑠璃色の山紫陽花を思い出していた。私は過去と現在の時の隙間に、ほんの一時存在したのだと感傷に浸っていたら、突然、疑問がわいた。この手紙は……私にすれば単に自分宛ての手紙だが、研究者にとっては歴史的価値のある文だ。公にすれば大騒ぎになるのは必至。もしかしたら古文書に興味を持つ誰かが新聞を読んで、当事者だと嘘をついて持ち帰る可能性も否定できない。ところが住職は私を疑うでもなく、簡単に現物を見せてくれた。なぜだろう。

「あの……変に思わないでいただきたいのですが、なぜ私を手紙の受け取り手とお思いになったのですか？」

住職は妻と目を合わせた後、少し間を置いてから静かに言った。

「えぇ……。実はですね、とても不思議な夢を見たのです」

「夢…ですか」

「お告げと言うべきでしょうか。高齢の尼僧が夢枕に立って、手紙の存在を公にしなさいと何度も語りかけたのです。気になったので妻と相談して、新聞に載せるのがいいだろうということになり……新聞社に電話しましたら、最近は記事が少ないからと、すぐ取材に来られました」

「あぁ。私はそれを読んだのですね」

「そうですね。ただ、お告げにはまだ先があって……すぐにご本人から連絡があるので、必ずその方にお渡しするようにと、強く言われたのです」

「正にお告げですね。何と申し上げたら…」

「世の中には奇妙なことがあるものです。長年この仕事をしていますと、常識では説明できないようなことも経験します。でも、こんなことは初めてで……ですから、これを読んでいて鳥肌が立ちました。それに何より、あなたの様子を拝見して間違いないと思ったのです。詳しいことは知りませんが、きっと複雑な理由がおありなのでしょう。私どもは、これ以上の詮索も口外も致しません。この手紙は川村さん、あなたがお持ちください」

手紙の内容を知った上で詮索や口外をしないと言うことは、全てを理解してくれているのだ。

「本当に、これをいただいてもいいのですか？」

「もちろんです。あなた宛ての手紙ですから」

帰宅して、手紙をもう一度読み返した。当時の庄内は大混乱していて、その後も戦で悲惨な状況だったはずだ。それなのに彼女の手紙には、子どものことはもちろん、庄内の詳しいことがほとんど記されていない。心配をかけたくなかったのだろうが、真実が知りたい。中途半端に終えていた歴史調べへの意欲が再び膨らんだ。今度は彼女の手紙と現在の資料を突き合わせて、私が帰った後の新見庄について、もっと詳しく調べてみよう！　私があそこを去ったのは、領家の農民が祐清さん殺害の報復をした件で、相国寺側の損害賠償請求が通った直後だった。たしか、政所の新築と紛失物の返還を求められていたはずだが、あれからどうなったのだろう。

相国寺側が起こした損害賠償請求が認められて大騒ぎの庄内に、寛正四年（一四六三年）十月下旬、祐清さんの後任代官・本位田《ほんいでん》さんがやって来た。

本位田さんは着任早々、たまがきさんたちによって整理された祐清さんの数少ない遺品（一部は祐清さんの葬儀費用に充てられた）を、彦四郎さんと二人の領民に託して東寺に送ったようだ。たまがきさんが残してくれた手紙には、三人が京に発つ前に、「祐清さんの遺品がほしい」と書いた書状を東寺に送ったとあった。本位田さんも東寺に向けて、たまがきさんの願いを聞き入れてくださいという書状を送っている。なかなかいい奴だと思うが、返事はもらえなかったようだ。

そして、祐清さんに関する全てのことが片付いた後、たまがきさんは出家した。あくまでも私の憶測だが、その前後に子どもを失ったのだと思う。彼女が出家を決意した気持ちは理解できる。でも、彼女の子孫に会いたかったと、我が子に対して抱くような感情がにじむのだった。

本位田さんは、祐清さんの遺品処理と同時に、損害賠償についても三職と相談し、「お尋ねの紛失物は蔵の中にあったが、領民は蔵に入っていないし放火もしていない」と、地頭側に抗議したようだ。ところが地頭側は、「幕府が再建を命じたのは事実であり、東寺も謝罪すると認めたのだから、こちらが要求を引っ込めるのは筋違い」と言って譲らなかった。おまけに、将軍の奉書や東寺の誓約書もあると言って、逆に脅しにかかるのだった。政所の早期再建を催促する地頭側と、賠償に納得がいかない領民との板挟みになっている本位田さんの間で、何度も話し合いが持たれたが、なかなか決着を見ない。困り果てた本位田さんは善成寺の僧に頼んで、「領民が代官の言うことを聞かないから、京から特使を派遣して直接命じてほしい」という内容の手紙を、東寺へ送ったりもしたようだ。

思うように動かない領民と代官に業を煮やした東寺は、以前、祐清さんを派遣する前に新見庄の視察を命じた祐深さんと、新顔の増祐《ぞうゆう》さん二人を特使として送り込み、本位田さんを交えた三人で地頭方との交渉に当たらせた。ところが、使用する木材について相国寺側からクレームがつき、お金や人夫不足の問題も発生。大雪で山の木を切り出せないなど、前途は多難だった。それでも三人は地頭方の代官たちと話し合いを重ね、中古の家を買い取って建て直すことで話をつけた。そうと決まれば三職も領民の説得に回り、領民も渋々応じて、わずかひと月半で政所が再建されたのだった。

ところが工事が終わると、次は台所を造れと命じられた。これにはさすがに皆が閉口し、東寺も立腹したようだ。しかし、幕府の命令には逆らえない。そこで東寺は、もう一つの懸案事項である紛失物の捜索を先に片付けようと考えて、新見庄をよく知る了蔵さんを捜索係として派遣した。紛失物は貧しい農民が盗んでいたとわかり、数品は返却できた。けれども領民たちは、まだ納得していない。「豊岡の成敗は御上の名のもと、代官の職務として執行したのだから、豊岡側が代官を殺したことは敵討ちに当たらない」と言うのだ。さらに横見と谷内の処刑を、守護・細川さんの御家人が約束したことを知っている。それなのに、二人は今ものうのうと生きているのだから、「こちらの敵討ちはまだ済んでいない。なぜ東寺はそのことを公方様《くぼうさま》（将軍様）に訴えないのか。横見と谷内が自害しなければ、我々は一切のことに協力しない」と主張し続けた。それでも最後は、東寺から遣わされた僧や本位田さんの説得に応じ、東寺のためにと二件目の中古物件を手に入れて、台所も完成させたのだった。

この一連の騒動から、幕府と直結している相国寺に厳しい要求を突きつけられても、東寺はそれに逆らえないという歪んだ関係がうかがえる。が、いずれにしても、理不尽な損害賠償の件は、ひとまず片付いたようだ。

新見庄は東西・南の三方を守護領に囲まれているので、守護方の勢力に狙われやすい土地だ。そのため、かねてから新見庄を狙っていた守護・細川さんが、賠償問題の混乱に乗じて庄内に役人を送り込み、田畑に税を課した上、ひと月近くも庄内に留まらせるという事件が起きた。寛正五年（一四六四年）六月のことだ。新見庄に守護を入れないのは古くからの決め事だったので、庄内は騒然となった。そこで、本位田さんと三職が話し合い、「何とかならぬものか」と東寺に訴えた。東寺は、京にいる有力者に賄賂を払って話をつけたらしいが、賄賂代はそちらで賄うよう言ってきたそうだ。さらにその後、細川さんの部下の多治部《たじべ》さんが地頭方の代官になると、領家方に筋違いの寄付を要求してきた。本位田さんは、この理不尽を再び東寺に訴えたが、東寺側は、「できるだけ安くしてもらえ」と返事をしたらしい。たまがきさんは、これらのことを手紙の中でいたく嘆いていた。

地頭方とのゴタゴタに時間を取られた本位田さんは、肝心の年貢取り立てがはかばかしくなかった。そこで東寺は、寛正六年（一四六五年）二月に僧の長労さんを派遣して、庄内の年貢催促と厳しい徴収をさせると、その年の六月に本位田さんとともに京に引き上げさせた。本位田さんは京に帰って年貢の決算をしたが、計算が合わなくて代官を罷免されてしまう。何ともトホホで気の毒な人だ。

翌七月、本位田さんの後任として、以前、新見庄を視察に来た祐成さんが派遣された。この年も凶作だったが、応仁の乱目前の京が不安定な状況だったためか、祐成さんは、あるだけの年貢を徴収して、いったん京へ引き上げてしまう。一年後に再びやって来たが、未徴収分の年貢の催促と徴収を終えると、応仁元年（一四六七年）五月、またまた京に帰ってしまった。その後、彼が二度と庄内の土を踏むことはなかった。

祐成さんが帰って行った京の町には、西軍の山名さんと東軍の細川さんの軍がひしめきあっており、応仁の乱の始まりと共に町は火の海と化した。三十路を迎えたたまがきさんの元にも、寺社や貴族の館が焼け落ちて町中が焼け野原になったという知らせが届いている。戦火の中へ帰った祐成さんは、祐清さんと同じ寺の僧だ。それに、祐清さんが生きていれば、自分も京に住んでいたかもしれないので、たまがきさんにとっては決して他人事ではない。彼女は訪ねることが叶わなかった京の町を想像し、日々、彼らの無事を祈っていたに違いない。

戦国時代の幕が開けて戦いが激化すると、地頭方農民に兵糧米の要求や兵役が課された。ところが応仁元年は春から初夏にかけて日照り続きで、六月と八月には大きな台風に見舞われ、九月には大霜が降って全国的に大凶作だった。農民は年貢の減免を要求したが、守護方はそれを認めないどころか徴兵令まで出したので、各地で一揆が起きている。

そうした状況下、細川さんは地頭方ばかりか領家方農民に対しても、城を築き、人夫を増やし、兵糧米を出せと命じたため、領家方の領民は猛反発する。特に、三職の一人である田所の金子さんは頑としてそれを拒否し、細川さんに見せつけるように、東寺に多くの年貢を納めた。そんな金子さんに領民の信頼は高まっていく。（しかし実のところ、金子さんは東寺を領主とあがめつつ、自分を頂点とする自治の確立を企てていたようだ）

戦況が思わしくない上に、新見庄の領民が命令に背くため、細川さんはますます焦り、将軍を巻き込む作戦に打って出る。するとそれが功を奏して、応仁二年（一四六八年）十月、ついに新見庄領家方の没収に成功した。ところが庄内の三職や領民は頑《かたく》なにそれを認めず、守護方の命令に従わないばかりか、庄内に入ることすら許さなかった。この騒ぎを知った新見庄周辺の城主が、混乱に乗じて庄への侵略を企て始めたため、周辺は領地獲得合戦で殺伐とした状態になっていった。

文明元年（一四六九年）九月、苛立つ細川さんはついに、強制的に庄内に入ると宣言する。それを受けた庄内の男たちは、金子さんを中心に全員が武器を持って郷原八幡神社の境内に集結し、大鐘をついて土一揆の気勢を上げた。守護方は彼らの気迫に圧倒されて、庄内へ入ることができなかったという。

東寺の年貢納入の件や土一揆の統制などで、領民の信頼を得ている金子さんの存在は、守護方にとって目の上のタンコブだ。そこで守護方は、庄内の事情に詳しく、尚かつ同じように新見庄を狙っている多治部さんと組んで、金子さん失脚を企てる。多治部さんは、金子さんの独壇場で三職の力関係が崩れたことが面白くない惣追捕使の福本さんと公文の宮田さん、その他あらゆる方面に根回しをして、金子さんを孤立させることに成功する。ところがそれ以降、多治部さんが庄内で幅を利かせるようになってしまった。

文明五年（一四七三年）三月、西軍の大将・山名さんが亡くなり、その二カ月後には東軍の大将・細川さんも病死した。戦いを始めた東西二人のトップがいなくなると両軍の戦意は急速に低下し、各地から集まっていた武将たちは京を離れていった。畠山さんや大内さんなどは、その後もグズグズと戦い続けたが、文明九年（一四七七年）の秋、ついに両氏の兵も引き上げて、十一年近く続いた応仁の乱は終わりを告げた。

京の町が落ち着いてきた文明十年（一四七八年）、新見庄領家方が幕府から東寺へ返還されると、領民は東寺に直務代官を要請した。惣追捕使の福本さんと公文の宮田さんは、多治部さんと協力して田所の金子さんを失脚させていたが、その後は再び反多治部に戻り、多治部さんに対抗できる強い代官を送るよう東寺に要求した。それを知った多治部さんは、年貢の催促を一層厳しくしたり、東寺の関係者を襲ったりするようになった。やがて、多治部さんを中心とした領地争いが始まり、再び庄内は乱れていった。

文明十四年（一四八二年）の暮れ、領家で大掛かりな焼き討ちや戦が起きた。それでも多治部さんは、長年続けてきた横領をやめなかった。東寺と幕府も、強大な力を持った多治部さんをあの手この手で庄内から退去させようとしたが、とても歯が立たなかったようだ。

明応五年（一四九六年）、武士の国取り合戦に長期間巻き込まれて荒れ放題に荒れた庄内で、惣追捕使・福本さんの家から火の手が上がり、隣の政所も焼け落ちてしまう。さらにこの年は、大洪水が起きて田畑が流されるという悲惨な状態で、もはや新見庄は荘園としての機能が果たせなくなっていた。

時は過ぎ天正二年（一五七四年）、年貢として紙三十束が差し出されて以降、東寺と新見庄は音信不通になっている。

たまがきさんの手紙は、文明十五年（一四八三年）の春に書かれていた。文明年間はいたる所で一揆が起こり、大きな戦も起きている。身の危険を感じた彼女は、この機を逃すまいと私宛の手紙を善成寺に預けたのだと思う。彼女がいつ亡くなったかは不明だが、戦の犠牲になった彼女がその生涯を閉じる時、どんな思いが脳裏をよぎっただろう。やっと祐清さんと子どもの元に行ける、そんな穏やかな気持ちで目を閉じていたなら幸いだ。

彼女が願い続けたように「生まれ変わり」というものがあるならば、私の周りの誰かとして存在しているのだろうか。まさか、珠希？　それはない。名前が似ているだけで性格は全然違う。私や珠希の友人にも、それらしき人はいない。母の泰代はどうだろう。何となく、たまがきさんの面影があるような……。母が孫に珠希と名付けたのは、何かしらのサインだったのか？　でも、万が一そうだとしても、前世の記憶を持つ人など滅多にいないから、母がそれを自覚していたとは思えない。やはり考えすぎだ。たまがきさんと私の夢物語ということにしておこう。

蛇足だが、歴史を紐解いたおかげで面白いことに気が付いた。それは、私がこちらに帰る時、たまがきさんが「もっと早く中世に呼びたかったのに叶わなかった」と言ったことと関係している。平成の我が家にヤマボウシの苗を植えた時のこと。「これは西方の山中で枯れていた、樹齢数百年の木から奇跡的に芽吹いた苗だから縁起がいい」と、植木屋さんが自慢していたのを思い出したのだ。戦国時代、西方地区は戦でかなりの面積を焼失している。おそらく、あの伝説のヤマボウシもその時に燃えてしまったのだろう。そして、なぜか平成になって息を吹き返した苗が我が家にやってきた……。そう考えると、長い間ヤマボウシの根元に穴が開かなかったという彼女の話にも納得がいくのだ。もちろん、ヤマボウシの木なら至る所にある。でも、別の木で神隠し的なことが起きたという話は聞いたことがない。きっと、あのヤマボウシと同じ株のものにだけ、不思議な現象が起きるのではなかろうか。そうだとしたら、庭のヤマボウシを挿し木したら、いつの日かその根っこにタイムスリップできるのではないか？　やってみる価値はあると思うのだが……。

私が歴史探訪に没頭している最中、東北では大地震と津波で多くの人が亡くなった。テレビや映画、催し物等は自粛モードで、いたる所で「思いやり」「絆」の文字が飛び交った。その影響か、この年の十一月、結婚して以来初めて夫に同窓会のハガキが届いた。出雲大社へ還暦厄払いの一泊旅行に行くという。彼は喜んで参加の返信をした。

年が明けた。お正月気分が抜けかけた一月二週目の連休初日、夫は笑顔で出雲大社へ出発し、帰るなり、「今期をもって社長を辞める」と笑顔で宣言した。最近の夫は元気がなかった。不況のあおりを受けてはいたが、それでも不動産業の義兄から、仕事の発注が途切れない程度にはあった。きっと、同窓会で古い友人と再会して刺激を受けたのだろう。普通の勤め人なら定年退職の年だし、後継者もいないから、信頼できる社員に会社を任せようと考えても不思議はない。年金生活は厳しいが多少の蓄えはあるし、贅沢《ぜいたく》をしなければやっていける。久々に見る夫の笑顔に気を良くした私は、喜んで同意した。以来、夫は度々岡山の飲み仲間と会って、外泊するようになった。呑気《のんき》な私は、それが長年の重責から解放される反動と信じて疑わなかった。

その日、私は朝から電車で岡山に出かけた。久しぶりに親友の雅美と会って、おしゃべりとランチ、その後のウインドーショッピングというお決まりのコースを満喫するためだ。夫も午後から、古い友人と岡山で飲み明かすと言っていたから、それもあって予定の時刻をかなりオーバーしてしまった。

雅美と別れて駅への道を急いでいたら、偶然、道路を挟んだ向い側の歩道に夫の姿を見つけた。ここから声をかけるには遠すぎる……。次の瞬間、笑顔が凍りついた。夫の隣に見たこともない女性がいたのだ。かなり親しい関係に思えて咄嗟に後をつけたが、赤信号を待っている間に見失ってしまった。あの辺りは、一つ路地を入れば妖しいホテルが軒を連ねる場所だ。他人の空似と思いたかったが、どう考えても夫に違いなかった。きっと学生時代に付き合っていた人だ。就職してすぐ別れたと聞いていたが、同窓会で再会して昔の関係に戻ったに違いない。外泊が増えた理由に納得し、同時に、夫の行動に何の疑問も持たなかった己の間抜けさに呆《あき》れた。すぐにスマホを取り出したけれど、その先の勇気がなかった。今、真実を突きつけられれば、心が壊れてしまう。

帰りの電車で、あの瞬間ばかりが思い出された。長身の夫と釣り合う背丈で、ほっそりとして髪が長くて……横顔しか見えなかったが、きっと日本的な美人だ。私にないものを全て持っている女性だ。妄想が膨らんで、彼女の存在に恐怖すら覚えた。明日、夫の顔を見たら平静ではいられない。感情に任せて問い詰めてしまうかもしれない。いつから？　どんな人？　本気なの？もし、会社も私も捨てて、あの女と暮らすと言われたら……。大丈夫、きっとタダの遊びだ。でも……。「離婚」という文字が心を浸食し始めた。たぶん、それを切り出すのは夫で、気持ちが離れたと言われれば承諾するしかないのだ。それでも、向こうの関係が先に壊れることもあるし、遊びならそれでいい。そういうことにしなければ……。私は今まで夫と会社に依存してきたから、両方を失えば生きていく術がない。この年で仕事を探すのは難しい。ならば打算的だが、夫が離婚を切り出すまで知らんぷりを通そう。中世から生還し、やっと落ち着いたと思ったら、今度は不倫問題勃発か。私はこれからどうなるのだろう。

こんな時は雅美の意見を聞くのが一番だ。彼女は昔からポジティブで、自分の行動に責任を持って生きている。私とは正反対の意見をサラッと言い放ってくれるので、臆病な私はいつも刺激を受けてきた。ただ、彼女の意見を認めはしても、実行できないことは多い。

疑心暗鬼の毎日にうんざりしている、と雅美に言うと、彼女は笑い飛ばした。

「離婚する気かどうか、旦那を問い詰めたらええが。それができんのんなら、旦那に対抗してあんたも不倫してみたら?」

「簡単に言うなぁ。そんなん、できるわけねぇが」

不倫に走れば気が晴れるだろうか。実際はその逆で、自分を貶《おと》める気がする。

「どうして男の賞味期限は長いんだろうねぇ」

「お金と色気じゃろう。あんたの旦那みたいにエエ男は両方持っとるんよ。それに、日本人は若い女を崇拝するとこがある。四十過ぎたら女じゃねえってな」

「たしかに。私らは、もう中性じゃ。けど、相手は私と同じくらいの年じゃで」

「ハハハ。別に、あんたに魅力がねえとか言ようるんじゃねんで。ただな、結婚して家族になったら、ずっと恋愛関係じゃあいられん。生物学的にも、子孫を残すために別の相手を探すのは必然よ。生殖機能がのうなったら中性にもなるし。旦那の不倫を認めはせんけど、男も女も別の人に興味がいくのは自然なことじゃ。まぁ、あんたに不倫はできんじゃろうけど」

まったく……。そう考えると、たまがきさんは最愛の人と一番いい形で別れたのかもしれない。思い出を奇麗《きれい》なまま永遠に残しておける。ずっと一緒にいたら、きっと互いの思いが色あせたにちがいない。あーあ、最愛か……。そういえば、たまがきさんが私を中世に呼び出したのは、後悔だらけの思い出を修正させるためだった。自己肯定感が低く、困難から逃げたがり、競うことが嫌いで、すぐに諦めて身を引く性質の私が、ここまで田辺さんに執着するのは驚くべきことだ。ならば、今こそ片をつけようではないか！

そうと決めたら実家に直行して、押し入れに置きっぱなしのダンボール箱を持ち帰った。若かりし日の、決して捨てられない大切な思い出が詰まった宝箱だ。中には、私が一番輝いていた頃の一冊の日記があって、それには後悔の元凶が詰まっている。「生きること」は思い通りにならぬものと思い知ったのは、あの時だ。今のところ、あれ以上の辛い出来事は起きていない。この先ずっと、こんな中途半端な気持ちでいるなどまっぴらだ。

古びた日記には、体を壊すほど愛した人の一挙手一投足に、舞い上がったり傷ついたりする自分が事細かに綴られていた。読み返すうちに、忘れていた沢山の出来事が断片的に蘇って、切なさで胸がいっぱいになった。当時の私の精神状態は最悪だったらしい。自信がないものだから彼の言葉をネガティブに捉えて、周りの声に流されている。彼もまた若かった。私たちは同じ時期に似たようなことで悩み、お互い素直ではなかったようだ。そのために、すれ違いや哀しい誤解が生じてしまったのだろう。彼は未来を信じて愛を注いでくれていた。それなのに私は、最初から終わりに向けて全力を注いでいたのだ。彼の本心を知って、やっと未来を信じる気になったけれど、遅すぎた……。そんな風に俯瞰できるのは、年を重ねたせいか。それとも、遠い記憶として葬ってしまったからなのか。

当時の私は、彼に拒絶されるのが怖くてたまらなかった。おまけに、困難に立ち向かう勇気も覚悟もなくて、現実逃避したのだ。彼に人生を賭けること。大阪に残れない理由を伝えて嫌われてしまっても、後悔しないこと。彼の子どもと二人きりで生きること。死ぬまで後悔するのを承知の上で大きな嘘をつくこと……。今でもその不甲斐《ふがい》なさに悔しさがにじむ。二度と過去には戻れないし、あの選択を肯定するしかないことも承知している。そのうえで「もしも」を思い巡らせたなら……。もしも出会う時期がもう少しずれていたなら……、もしもあの大切な一瞬に、私が未来を信じていたなら……、もしも彼が別れを告げた時、「絶対に別れない」と大騒ぎしていたなら……、もしも妊娠したと彼に告げていたなら……、もしもあの時の私たちが別の選択をしていたなら、結末は違っていただろうか。

息苦しくなったので、日記も気持ちも元の場所に封印しようと思った。でも、そうはしたくない思いもあって……きっとこの閉塞感は、自分の不器用さや未熟さへの恥ずかしさと憤りと、自分自身に嘘をつき通すことのしんどさが原因なのだ。このままだと後悔の堂々巡りは終わらない。どうしたらいいものか……。そう思った途端、無性に彼に会いたくなった。今、どこでどうしているのか。あれからどんな生き方をしたのか。思い描いた通りの人生を歩んだのか……。深い意味はなくて、とにかく会って話したかった。今なら誤解を解いて、「こんな私でごめんなさい。わがままに付き合ってくれてありがとう」と言える。「お互い若かったね」と笑って言えるはず。ただ、四十年も音信不通なので居場所がわからない。そもそも生きていないかもしれない。

とりあえず昔の勤務先をネット検索してみたら、ここですと言わんばかりに、すぐに消息がつかめた。当時勤めていた会社の社長になっていたのには驚いたが、私の選択は間違いではなかったと改めて思った。あの時、私が身を引いたから今の彼があるのだ。私は彼を守ったのだと思い上がることで、少しだけ後悔が軽くなったのはたしかだ。あれは人生を賭けた恋だったな……。その確信が想いをより強くして、一息に手紙を書いてしまった。面倒くさい女と思われたくないから、単純に会いたい気持ちだけを綴った。最後に私の携帯番号を記して、「ご都合のよろしい時に返信していただきたい」とお願いした。うまくすれば彼の声が聞けるかもしれない……。

書き終えた後、手紙を読む側の気持ちが気になったので、複数の知人男性に、別れた女性への思いをそれとなく尋ねてみた。

「自分を含めてほとんどの男は、昔の恋人に会ってみたいと思うじゃろうな。でも、今の立場や状況を考えるし、下心があると取られてもなぁ……。そう考えたら、会う勇気がないかもしれん。それに、思い出はそのままにしときたいとも思う。じゃけど、向こうから会いたいと言われたら、会うかもしれんな」

彼らは申し合わせたように、同じことを言った。

投函の前夜、月を見ながら考えた。この世界には、この人のためなら死んでもいいと思えるほど愛しい相手と結婚できた人は、一体何人いるだろう。かつて私がそう思っていた人は今、別の女性と家庭を持っている。私も別の男性と結婚した。夫のことは愛しているし感謝もしている。不倫を疑っている今となっては過去形かもしれないが、ずっと下を向いていた私に幸せをくれたのは、まぎれもなく夫だった。それなのに、田辺さんへの思いが今も新鮮なのはなぜだろう。たぶん彼と結婚しなかったからだ。手に入らないものに執着し、自分の物になれば飽きてしまう、子どもの頃に人のおもちゃをほしがった、欲張りでわがままな自分と何ら変わらない。今の私は、夫の裏切りで理性を失くしている。自分の感情を夫にぶつける代わりに、過去を修正しようとしているだけだ。当時の田辺さんを愛していても、その延長線上に存在する今の彼を愛しているわけではない……。待て待て。愛しているとか考えること自体が問題だ。私は今も彼を愛していて、何かを期待しているのだろうか。いや、違う。単に近況が知りたいだけだ。そのはずだ。だったら、会いたいなどと書いた手紙を出すべきではない。彼にとっては迷惑極まりない話じゃないか。

でも、本心は違うだろう？　彼の元気な姿を一目見るだけと言っても、人間の欲はきりがないから、会えばそれ以上を求めてしまう。それが怖いのだろう？　それとも、手紙を出して彼に嫌われるのが怖いのか？　だとしたら、それこそが「逃げ」ではないか。別れた日からずっと、会って話して納得したかったのだろう？　彼に迷惑がかかると言いながら、実は彼のせいにして逃げているのではないのか？

私はいつもそうだ。頭の中だけで考えて勝手に結論を出して、後から「ああしておけばよかった」と悔やんで、誰にも言えずにストレスをため込んでしまうのだ。ここで格好つけて手紙を出さなければ、きっと一生後悔する。何もしないでウジウジするより、失敗しても挑戦して砕け散るほうが潔いじゃないか。今の彼にとって、私の存在や手紙が重いとは思えない。懐の深い彼のことだから、「懐かしいね」の一言で片付けてくれるはずだ。

思えば、決して安易な気持ちでこの生き方を選んだのではない。幼稚なりに、悩みに悩んで出した答えだ。手を離したら二度と会えないとわかっていたのに、後悔するとわかっていたのに、なぜかあの時は、目に見えない大きな力が背中をどんどん押した。結果的には現実逃避になるけれど、あの時の私に「逃げた」という認識はなかった。あれがベストと思って踏ん張って、私と過ごした時間を彼が後悔しないように、彼に恥じない生き方をしようと心がけてきた。あの別れがあったからこそ、多くのアクシデントや壁に対して、「あの時の苦しみに比べれば、どうってことない。大丈夫」と思えたのだ。これまでずっと彼の存在に支えられていたし、きっとこれからもそうだと思う。自分のしてきた選択に責任を持ちたい。彼も私も幸せになったのだから、お互いこれでよかったのだと思いたい。だったら、このまま何も言わないのがいい。遠くで彼の幸せを祈り続けるのが一番いい。

果たしてそうだろうか。私は昔から人と争うのが嫌いで、自分の意見を言うことを避けてきた。でも、本当は負けず嫌いだから、意見を戦わせる前に先手を打って逃げていたのだ。早々に諦めて知らんぷりをしていたのだ。おまけに、言い訳はみっともないと思っていたから、誤解されても黙することが多かった。ところが、田辺さんは話し合いで解決するタイプだから、最初から諦め顔で言いたいことも言わずに逃げる私と、一生付き合うのが嫌で別れを選んだのだ。でも違う。私の思いはそうじゃなかったのに……。今は言い訳をしなかったことを後悔している。一番好きだった人に誤解されたまま死ぬのは嫌だ。彼にだけは言い訳をさせてほしい。ずっと彼に会いたかったのは、あの選択の理由をわかってほしいからだ。受け入れてもらえなくても、会って話せば諦めがつく。よし！　やっぱり明日、投函しよう！

携帯の着信音が鳴った。知らない番号だったので、きっと田辺さんだと思った。返信を待っていたくせに、忘れてしまった彼の声や、最初に発する彼の言葉を聴くことがたまらなく怖かった。それでも少し上ずった声で、「はい、川村です」と言うと、「もしもし。田辺です」と、少し高めの澄んだ声がした。懐かしさで体中が熱くなった。泣きそうになっていると、形式通りの挨拶を済ませた彼が、畳みこむように言った。

「手紙のことですけど……もう、思い出に浸るつもりはないですから」

全身でその声を聴きながら、彼の冷たい横顔を想像する。こちらも何か言わなきゃ……。

「……別に、思い出に浸っていただこうとは思っていませんが…」

「この電話の冷たい態度で、私の気持ちを察していただくしかないと思います」

私との会話を避けるように、機械的でテンション低く、他人行儀に、迷惑そうにそう言った。その後の沈黙に、彼の本心を見た気がして哀《かな》しくなった。そうだった。思い出したよ。昔からこの人は、相手の気持ちを斧《おの》ですっぱり切るのが得意だったな……。そうだよね。私の存在は邪魔だよね……。新たな何かを求めたわけじゃないのに……もう、遠い人なんだ……。「わかりました」と短い言葉を伝えたら、かぶせるように「ごめんなさい」という小さな声がした。謝られて惨めさが増した。

電話を切ってから、しばらく泣いていた。自分は軽はずみなことをしたのだと思うと、情けなかった。伸びしろのないバカ女と言われて別れたのに、今回のことで、ますますバカをさらけ出してしまった。なんだかんだ言っても、こういうところが私なのだ。バカは死ななきゃ治らない。私は一生、私なのだと思ったら、自分が滑稽で哀れでいたたまれない人間に思えた。

それから一週間を悶々と過ごしたが、どうにも気持ちが収まらないので、夜を待って雅美に電話した。

「なんか、バカみたいじゃった。冷たい返事で……まぁ、無理もないか。昔の女が今さら何だよ、うっとうしいなって、思うよなぁ」

「そんな風に言われたん？」

「さすがにいい年した大人が、そこまで直接的な言葉は使わんわ。そうじゃないけど、冷たい態度から察しろと…」

「迷惑とか、そういうんじゃないと思うで。向こうは裕希の手紙読んで、考えたうえで電話してきたんじゃろ？　今の自分は裕希に何もしてあげられん。そう思うて優しい嘘をついたんじゃねんかなぁ。中途半端な返事をしたら気持ちが残るけえ、わざと突き放したんよ。嫌いで別れた相手じゃねえし、昔好きじゃった人に本気でそんな態度は取れんじゃろ。そうでなかったら、よっぽど器が小さい男じゃで」

「…純粋な意見をありがとう。でもなぁ、だぶんあれが本心よ。雅美が言うように、そこまで考えた厳しいセリフなら、私は死んでもええほど嬉しいよ。でも、そういう哀しい思い込みや期待は毒になる。別れる時も電話でも、あの人は本心を正直に伝えただけじゃ。そうよ。突然の手紙に戸惑って、今の生活を壊されるかもしれんと心配になって……私の存在が怖くて迷惑じゃったんよ。バカ正直な人じゃから、自分の気持ちを素直に伝えたんよ。後から謝ったけど、私はあの人の人生に必要ないしな。消えろと言いたいけど、さすがにそこまでは言えんかったんじゃろ」

「…それでも吹っ切れんのじゃろ？　まだ好きなんよなぁ…」

「…ようわからん。でもなぁ……そうかも知れんけど……やっぱりわからんわ。昨日は吹っ切れとっても、今日にはどん底だったりするんよ。愚かじゃけど、たぶん……うーん」

「…それで、これからどうするん。このままで気が収まるん？　これでええん？」

「仕方ないが。会いたくない言われたんじゃから」

「このまま死んでも後悔せん？」

「いや、大後悔。あたり前じゃが」

「なら、手紙に書きいや。後悔の全部を書いて、送り付けたらええんじゃ」

「書くのはええけど、送るのはちょっと…」

「なら、書いて私に預けねえ。あんたが死んだら、あいつに送り付けちゃる」

「ハハ……。そうじゃな。そうしてもらおうか」

雅美は本気だったらしい。ひと月後に手紙を催促されたので、衝動的で一方的な行為への謝罪を簡単に書いて彼女に託した。田辺さんの自宅住所は知らないから、一応、会社宛てにしておいたが、私が死ぬ頃、彼はとっくに退職しているだろうし、もしかしたら彼の方が先に逝くかもしれない。雅美も手紙のことなど忘れているだろう。


雅美の意見を聞いて、田辺さんへの気持ちがますますわからなくなった。それでも彼を困らせてしまったことに落ち込みながら、負けず嫌いの私なりに、馬鹿げた行動の言い訳と玉砕を正当化する理由を探った。

万が一、彼が会ってもいいと言ったなら、私はどうするつもりだったのだろう。今さらのように当時の言い訳をしただろうか。彼が忘れ去っているだろう全てのウソをぶちまける？　それとも消してしまった子どもの存在？　とてもそんなことはできない。結局、何も言えなくて、彼のよそよそしい態度に時の重さを痛感しながら、泣きたい気分で近況報告するのが関の山だ。考えてもみろ。私が言い訳をしたい相手は、私を愛してくれていた過去の彼であって、決して、私の存在を疎ましく思う今の彼に対してではないはずだ。もう、あの頃の彼ではない。どうしても私を失いたくないなら、迷ったり悩んだりしないはずなのに、「悩んだ末に」と言って別れを切り出したあの瞬間、彼は私を自分の人生から消したのだ。それなのに、今になって振った相手がエゴを押し付けてくるなど、たまったもんじゃない。悪いのは私だ。夫の不倫にアタフタして、自己満足のために彼を巻き込もうとするなんて、全くどうかしていた。今こそ彼の気持ちを一番に考えて、何も言わずに別れた、あの時の純粋な気持ちに戻らなければ……。

ついでに、自分が間違った考えに支配されていたことも認めよう。つまり、誤った選択のせいで彼が去ったと思い込み、長い間、自分を許せなかったと認識していたが実は、彼が自分を正当に評価してくれなかったことへの悔しさを、ただ引きずっていただけなのだ。本当は、当時の私たちの生き方、価値観が違っていて、出会うタイミングも悪かったから別れたのだ。お互いに結婚したい時期だったなら、少々のことは目をつぶって突き進んだはずなのに、そうならなかったのは、きっと相手が違っていたのだ。つまりあの時、私が大阪に残っていたとしても、そして子どもを産んでいたとしても結果は同じで、要するに別れの時期が早まっただけなのだ。ただそれだけのことなのだと楽観的な解釈をしたら、こんな不完全な自分でも許せる気になってくる。この結末でよかった。自分を許すために彼を利用するような、卑怯《ひきょう》な人間にならなくてよかった。そうだ。彼が会いたくないと言ってくれてよかったのだ。結論！　彼の幸せだけを祈ろう！　理由が何であれ、この道を選んだ責任は自分にあるのだし、深いご縁があったなら、またどこかで出会うかもしれない。その時、惨めな自分になっていたくはない！　もう十分惨めで気の毒な女になってはいるが……まあいいや。

心を決めて空を見たら、まん丸満月だった。あぁ、お月様、私は単純な性格でよかったです。

翌日、清々しい気分で元福本邸の石碑に向かい、たまがきさんに報告した。

「ありがとう。自分が選んだ結果を受け入れて、今を生きてみます」

何となく、隣で彼女が笑った気がした。たまがきさんが伝えたかったのはこれなんだと思ったら、心がスーッと軽くなった。夫が離婚したいならそれでもいい。私は私。開き直って何でもやってやろうじゃないか。まずは精神的にも経済的にも自立するぞ。よし。クヨクヨしないで外に出よう！

その気になれば天が味方してくれるらしい。商店街の小さな雑貨店で、「パート募集（年齢・経験不問）」と書かれた張り紙を見つけた。オーナーは私より少し年上の快活な女性だ。私はその場で面接を受けて、次の日から働き始めたのだった。

夫は私の再就職に興味を示したが、特にコメントはなかった。「暇になったら、シルバー人材センターにでも登録したら？」。冗談で提案したら、「そうだな」と軽く流された。登録して得意分野をいかせば、いくらか報酬ももらえる。彼には大工仕事などが適しているだろう。好きな庭仕事もいいか。まあ、別れるかもしれない相手に、要らぬお世話ではある。

ある朝、夫が、ベッドから起き上がるのもままならぬほどの倦怠感を訴えた。顔色も悪い。今まで病気一つしたことのない人だが、さすがにストレス続きの毎日、ここに来てドッと疲れが出たのだろう。離婚もかなりのストレスになるらしいから……。とにかく、嫌がる夫を引きずるようにして、かかりつけの病院に連れて行った。検査の結果、すぐに大きい病院で診てもらうよう言われ、その場で紹介状を渡された。点滴でも打てば元気になると思っていたが、甘かったようだ。

一週間後に県南の総合病院で精密検査を受けた。結果を聞く日は私の運転だったので車酔いをしたのか、それとも結果が気になるのか、夫は始終無言だった。

「念のための検査じゃが。深刻になるのは話を聞いてからにしたら?」

彼は微動だにせず、診察の順番を待つ間中ずっと、口を真一文字に結んでいた。告知を希望したので、結果は隠さず告げられるだろう。こちらまで胃が痛む。

やがて名前が呼ばれた。一礼して診察室に入る私たちを、看護師が「お待たせしました」と迎え入れた。医師は夫の体調を尋ねてから椅子の向きをかえ、すぐに神妙な顔でマウスを動かし始めた。そして、モノクロの臓器写真数枚をパソコン画面に映し出し、そのうちの一つを拡大したタイミングでこちらに向き直った。

「今までも、かなり辛かったでしょう」

そう切り出して、淡々と説明を始めた医師の指し示す先には、手の施しようがないほど病んでいるらしい膵臓《すいぞう》があった。夫は顔色を変えず、少しだけ唇に力を込めた。膵臓ガンは他の臓器と比べて格段に予後が悪く、絶望的な生存率だという記事を、前日の新聞で読んだばかりだった私は、動揺を隠せなかった。とにかく、医師から示される治療方針を一言一句聞き漏らすまいとしたけれど、ほとんど頭に入ってこない。覚えていたのは、別の臓器にも転移がみられるため、手術をしても良い結果が望めないこと。手術をすれば思いの外体力を奪われるので、残された時間が短くなるだろうこと。遅すぎるといったニュアンスだった。手術以外の選択肢は、痛みをコントロールしながら余生を静かに過ごす、いわゆる緩和ケアだった。

夫は手術を避けて、残された時間を自宅で過ごしたいと望み、次回の予約を取って診察室を後にした。どうやって駐車場まで行ったのか覚えていない。気がつくと、運転席に座る私の横で、力なく前を向く夫がいた。

「すまない……。自分でも、長くないのはわかっとった…」

「他の病院で診てもらおうや。セカンドオピニオンしょうや」

「……いや、もうえぇ。去年、他の病院で同じようなことを言われたんじゃ」

「……何……。何で早う言うてくれんかったん…」

脱力すると同時に泣けてきた。去年から具合が悪かったのに、ずっと私に隠していたんだ。何で？　言い出しにくかった？　私がもっと早く気付いていたら、どうにかなった？　もしかして、病気のせいで会社を他人に譲ろうと思った？　余命宣告を受けた夫にどう接したらいい？　とにかく、一日でも長く生きてほしい……。いろんな思いが頭を巡った。

家が近くなった頃になってやっと、できるだけ普段通りに接すると決めた。夫の前では笑顔でいよう。二度と泣くもんか！

娘には、ありのままを告げた。

その日から医学書や心理学の本を読み漁った。ネット検索もした。でも、何をしても気持ちが救われることはなかった。結局、自分で乗り越えるしかないのだ。

職場のオーナーに事情を話すと、「お店はいくら休んでもいいから辞めないで」と言った。彼女も早くに夫を亡くし、苦しかった時に仕事が支えになったと打ち明けてくれた。彼女の言葉が身に染みた。私だけがしんどいのではない。この気持ちを分かってくれる人が身近にいるのだと知って、心強くもあった。

夫の体力はみるみる落ちて、痛みの他に手足のむくみが現れた。こうなると入院せざるを得ない。それでも、むくみが引けば家に帰れると思っていた。

受診したその日に入院した。きつい痛み止めを使うと、夫の表情が和らいだ。相当我慢していたのだと思うとやるせなかった。この先、どれだけの時間をこの人と過ごせるだろう。私はまだ、覚悟ができていない。

数日後、主治医から病状の説明があった。がん細胞が体内でどんどん増殖し、内臓はすでに働きを失っている。こうなると打つ手がないので、臨終まで痛み止めを使い続けるしかないと言われた。次に、二つの方針が示された。一つは、軽めの痛み止めを使いながら静養する。もう一つは、きつい鎮痛剤を使って痛みを感じなくするというものだが、後者は意識が朦朧《もうろう》として死期も早まるそうだ。個人差があるけれど、どちらにしても一カ月もたないと言われた。胃の辺りから喉元に向かってグウーッと絶望感が湧き上がり、顔が上げられなかった。

病室に戻って、ベッド脇の丸椅子に腰かけた私に彼は、「打つ手がないなら、できるだけ早く楽になりたい」と言った。私は反対だった。何気ない日常の風景や、夫がしたいこと、見たい場所、食べたい物……彼が生きた証を、彼の記憶に一つでも多く刻んでほしかった。そして、私の記憶にも焼き付けたかった。

「外出許可が出るかもしれんから、行きたい所や食べたい物とか、何でもええから教えてぇや」

夫は悲しそうに下を向き、涙声で訴えた。

「えらいんじゃ（苦しいんだ）……。死にたい思うて、仲のええ飲み仲間に話したら、『絶対に自分で命を絶ったらいけん。残された家族は、自分らのせいで死んだ、何もできんかったと思うて、ずっとずっと苦しむんじゃ。勝手に死んだらいけんぞ。絶対にいけん』言われた。そいつの息子は三年前に自殺しとった。それを聞いて、負けたらいけんと思うた。でもな、ここまできたら早う楽になりたいんよ。頼む。一度だけ、自分のためだけに、自分が思うようにさせてくれ」

一度でいいから自分が思うように……。彼の最期の願いに一瞬、息が止まった。夫を分かっていなかった自分の身勝手さ、申し訳なさを噛みしめながら窓際の長椅子に移り、外を見るふりをして彼の人生を思った。期待と重圧を背負って結婚し、何一つ不満を漏らさず、家族と会社のために生きてきた。そして死の恐怖と闘いながら、何のために生まれたのか、誰のための人生だったのかと自問して……初めて私に漏らした本音が「早く楽になりたい」だった……。長年、一つ屋根の下に暮らしていたのに、私は夫のことを何も知らない。常々、夫は私に関心がないと思っていたけれど、私の方こそ、夫に関心を持っていなかったのだ……。私なんかと結婚して、幸せだった？　弱った彼にそれを聞くのは怖かった。

翌日、夫は医師に、強い痛み止めを使って苦しまずに逝きたいと伝えた。それは、意思の疎通ができる時間がほとんど残されていないことを意味する。医師は前日の説明を繰り返し、最後に、「それでいいですか？」というように私を見た。決心がつかぬまま夫の顔を見ると、彼はゆっくり頷いた。それは生を諦めたというより、死を受け入れたように思えた。誰でも死ぬのは怖い。それを望んでいた彼とて、簡単に生への執着を捨ててはいなかったはずだ。その証拠に、退院時に身に着ける服と靴をロッカーに残していたのだから。手の施しようがないと知って覚悟を決めたのかもしれない。強い人だ。それなのに、もっと生きてと望むのは私のエゴだ。

突如、抹殺していたあの瞬間が蘇った。私と結婚しなければ、この人には別の人生があった。もし、短時間でも彼女と過ごしたいと言うなら……。

「家族や親戚以外で誰か、知らせたい人や会いたい人がおる？」

「………いいや。おらん（いない）」

さすがに、この状況でそれを口にはできないか……。ならば待とう。もしも会いたいと言えば全てを飲み込んで、彼女をここに呼べばいい。それとも、彼女の方からやってくるだろうか。

それから二週間後、私と娘が見守る中、夫は眠ったまま旅立った。あらゆる苦しみから解放されて、安堵しているようだった。

通夜・葬儀に関することは花山夫妻が取り仕切ってくれた。通夜には、親族をはじめ親しい知人や会社関係者、近所の人たちが来てくれて、かわるがわる夫に語りかけていた。夜が更けてからは兄と私と娘が残り、交代で仮眠をとった。体は疲れているのに脳が覚醒している。二つ折りにした座布団を枕に目を閉じると、フーッと意識が遠のくが、すぐに目が覚める。ずっとその繰り返しだ。突然のお別れと違って、ある程度の覚悟はできていたから、今のところ取り乱すこともない。冷たくなった夫と同じ空間で過ごす残り僅かな時間。魂は近くにあるというが、本当にそうなのか？　壁に寄りかかってスマホの画面を見ている娘に目をやる。これが我が家なら、日常と何ら変わりない風景だ。無機質という単語が浮かぶ。配偶者を失くした知人が、「寂しさが押し寄せるのはもう少し後になってから」と言っていたが、これがそういうことなのか？　目を閉じると、同じセリフが何度も頭を巡る。夫は私と結婚して幸せだったのだろうか……。

夫との日々を頭に描こうとするが、なぜか多くは思い出せない。遠い昔に失った者との思い出は詳細に残り、キラキラ輝いてもいるのに……。ここ数年、私たちはろくに話すらしていなかった。そういえば夫婦喧嘩をしたことがない。それはきっと仲が良いのではなくて、互いに言いたいことを口にしてこなかったからだ。夫に対して不満はなかった。でも、夫はどうだったのだろう。

私は消極的で照れ屋で思い込みが強く、人の顔色を覗《うかが》う。それゆえに言いたいことを言わず、大事なことさえ口にしない。頭の中だけで考えて、相手への疑問や不信感を自己解決してしまう。そうやって、夫が無口なのをいいことに本心をぶつけなかったから、喧嘩にもならなかった。相手の全てを理解するのは不可能だが、理解しようとする姿勢は人間関係の基本だ。その上で互いの欠点を許容するのが大切なのだ。それなのに私は彼の気持ちを知ろうとしなかったし、自分の気持ちを伝えもしなかった。だから長年一緒にいたのに、彼の嬉しかったことや辛かったこと、叶えたかった夢、私への不満等、何も浮かんでこないのだ。喧嘩をしてもいい、傷ついてもいいから、きちんと腹を割って話すべきだった。二週間前のあの時、こんな私との結婚生活がどうだったのか聞いておけばよかった……。あぁ、何度同じ失敗を繰り返せば気が済むんだろう。

葬儀の日は朝から慌ただしかった。会社を退いて日が浅いためか同業者の参列が多く、花山の叔父の関係者もかなりの数だった。友人は多くなかったようだ。

ふと思った。あの女は夫の死を知っているだろうか。もしかして、この場にいるのでは？　でも、顔を知らない……。あぁ、いやだ、いやだ。忘れよう。ここで関係は切れるのだ。

初七日が終わり静寂が訪れた。夫とはほとんど会話がなかったのに、いなくなると人の気配がないことに慣れない。もしも来世が存在するなら、ここでできなかったことを来世で叶えてほしい。それとも、死んだら全て無になるものなのか。今さらのように小さな箱に話しかけるが、当然、返事はない。存在の重さや輝きは、失って初めて気付くものだ。そこにいるのが当然だった人が消えてしまう現実は、つくづくやり切れない。心にぽっかり穴が開いて、何かしようという気力が一ミリも湧かない。「消えて無くなるのではない。思い出と共に永遠に心に住み続けるのだ」と誰かが言っていたが、いつかそんな風に思える日が来るだろうか。時間は当たり前に過ぎて、日常も前へ前へと進んでいるのに、自分だけが過去に戻りたがっている……。待てよ。私は中世に行った女だ。亡くなった夫が再び戻って来るという、不思議な体験をする可能性は十分にある。だから、今いるのは夢の世界で、現実に戻ればいつも通り無表情の夫が、「ただいま」と居間に入ってくるはずだ。今度こそ彼のことをしっかり見て、ちゃんと話をしよう……。

無理だ。そんなことは決して起きない。夫と向き合わず好き放題して、気がついたら彼の体は病魔に蝕《むしば》まれていた。もっと会話していたら、早い段階で異変に気づいていたのに、無関心だった私が悪いのだ。自分の過去の修復にうつつを抜かしていた罰だ……。ひたすら自分を責めて、家の外に出るのも億劫《おっくう》になって、一日中、何もせずボーっとしていた。

引きこもる私のもとに、母は毎日、食料を携えてやって来た。そして何も言わず、ただ一緒にお茶を飲んで帰って行った。配偶者が消え去ることの喪失感を知る母だからこそ、私を傍《かたわ》らで支えようとしてくれているのだ。

夫の知り合いも時々訪ねてくれた。お茶を勧めて、夫が亡くなるまでの経過を一通り話し、それが終わるとお決まりの挨拶をして帰って行く。ありがたいことだが、気を張ってしまうことに疲れて、早く一人になりたいと思う。そんな身勝手さが申し訳なさにつながって、一層辛くなった。

四十九日法要の前日に帰ってきた娘が、遺品の整理をしようと言った。まだ早い。亡くなった人の物をいつまでもそのままにしておくと、故人は成仏できないと言うが、そんなことは構わない。気が済むまでここにいてくれていい。ずっとここにいてほしい……。ダメだな、ダメだ。ちゃんと送ってあげよう。夫もそれを望んでいるはずだ。全て捨て去るわけではないのだから……。

「これは？　中を見てもええ？」

娘が手にしていたのは、夫が病院で使っていた諸々が入っている鞄《かばん》や紙袋だ。あのまま手つかずだったと気付き、「こっちに貸して」と言って一つ一つ取り出した。タオル、コップ、歯ブラシ、ティッシュの箱等々。その中には、日々の体調や看護師とのやり取りが書かれた小さな手帳があった。次第に指先に力が入らなくなったのか、途中から続き文字のようになっている。日記は亡くなる三日前で終わっていて、最後のページには、夫の言葉にできない言葉が記されていた。

『　ゆうきへ　　　ありがとう　　　しあわせだった　』

そうか……。幸せだったんだ。よかった。安心したよ……。こちらこそ、どうもありがとう……。

こんな時は、泣きじゃくる私を抱きしめて、背中をよしよしとさすってほしい。願えば叶えてくれる人がずっとそばにいたのに、もういない。目の前の幸せを見ないで、後ろばかり気にしていたけれど、私はずっと幸せだったんだな……。

初彼岸が近くなった頃、知らない名前の女性から電話をもらった。夫が亡くなったことを知らず欠礼したので、仏壇に手を合わせたいと言った。声から察して、若くなく高齢でもない。きっとあの女性だと思った。断ってもよかったが、もしも愛人だったなら、夫は来てほしいと思うだろうし、彼女自身のためにも、最後のお別れをさせてあげるべきだ。悔しいが、それが妻の役目だと思った。

やはりあの日、駅前で見た女性に間違いなかった。濃紺のパンツスーツが、長身の彼女にとても似合っている。長い髪は後ろで束ねて結い上げてあった。柔らかい物腰で優しい声を持つこの人は、万年ショートカットでせわしなく動き、低く太い声の私とは正反対だ。夫はこういう女性が好みなのだ。なぜ、私なんかと結婚したんだろう。いくら社長の勧めた見合いでも、断ればよかったのに……。

彼女はお茶に少し口をつけてから、物悲しげに語り始めた。

「去年の同窓会で偶然、川村さんと同じテーブルになって……川村さんはご家族やお仕事のことを、とても幸せそうに話しておられました。私が法律関係の仕事をしている父を手伝っていると話したら、帰り際に、近いうちに今の会社を手放すつもりなので、父にアドバイスしてほしいとおっしゃいました」

あの頃から会社を辞める気でいたのか。だとしたら、それより前から病気のことを知っていたのだな。

「ひと月ほどして川村さんから連絡をいただいたので、父の事務所にご案内しました。会社を手放す理由を伺うと、体調を崩したから、動けるうちに奥様と旅行がしたいとおっしゃいました。でも、ここまで深刻だったとは思ってもみませんでした。ご自宅に伺うのはご迷惑とも思いましたが、そんなご縁もあって、一度きちんとお別れをさせていただきたくて…」

彼女は電車の時刻があると言い、一時間弱で帰っていった。

まんざら嘘でもなさそうだ。ただ、会社のことも体調のことも、夫は何一つ私に話してはくれなかった。心配をかけまいとしたのだろうが、妻としては情けないことこの上ない。そして……事務所へ向かう二人を見た私が、勝手に勘違いしたのだとしても、元恋人同士が妻に内緒でコッソリ会ったのだから、不倫を疑われて当然だ。彼女が口を割らない限り真実は闇の中。もしもあの時、夫を問い詰めていたら、何と答えただろうか。本気で私と別れるつもりだったら、隠さず話したのではなかろうか。どことなくスッキリしない……。私の早合点で、勝手に彼女を元恋人にしているけれど、実際にそうとは限らないし……何だかなぁ……。

夫婦になって時を経て、夫への思いは人間愛というか、同志のような感覚になっていた。それでも浮気をされれば、裏切られたようで腹が立つ。ただ、それは嫉妬ではなくて、人の物に手を出すなという、独占欲のようなものかもしれない。あるいは安定した生活を壊されたくないからか、そこはよくわからないが……でもまあ、私も人のことを言えた義理ではない。一時は田辺さんに心が移っていたわけで、ある意味、夫を裏切っていたようなものだ。もういい。彼女曰く、夫は幸せそうだったようだし、本当かどうかは別として、私と旅行をするつもりだったようだし。それに、死の床にあった夫の手帳の一言に救われもした。彼女と直接会って話したことで、あの日から心の隅に巣食っていた黒い塊も溶けて流れた。この先の私の人生、何が起きるかは神のみぞ知る。だから、今日を悔いなく生きるだけだ。

休職中もオーナーの人柄に甘えたくて、時々は店に顔を出していたのだが、いよいよ復帰が決まった。とは言え、お客は滅多に来ないので、オーナーと私は近所の噂話や打ち明け話に花を咲かせることが多かった。私が深刻な話をすると、彼女は優しい聞き役に徹してくれたので、安心して胸の内を語ることができた。自然に声を出して笑えるようになったのはオーナーのお陰だ。

そんな頃、娘が地元に帰ると言い出した。内緒で仕事を探していたらしく、来月から、市内の病院で医療事務をすると言うのだ。私が長く落ち込んでいたせいだと思うが、今や笑顔で接客しているのだから申し訳なさでいっぱいだ。でも、気持ちは嬉しいし、近くにいてくれれば何かと心強い。それに、最近めっきり弱ってきた母も喜ぶに違いなかった。

父の定年退職と同時に早期退職した母は、待ってましたとばかりに父を伴い、日本一周するかのような勢いで方々を旅行しまくった。海外にも五カ国以上行ったはずだ。毎回、土産を山のように買い込むので、我が家には珍しいお菓子やキーホルダーなどの小物が山のように届いた。

父は昔から無口で一本気で、曲がったことが大嫌いな性質だったが、年を重ねるにつれ、手に負えない頑固親父になった。母は控えめな人で、父と意見が合わない時は大概、彼女の方が折れていたように思う。ところが最近は、さすがの母もそんな父に辟易《へきえき》して、「こんなはずではなかった」と、私に不満を漏らすようになった。愚痴を聞くのも孝行のうちと聞き流していたが、父が他界してからはそれもなくなった。なんだかんだ言っても父の存在は大きかったようだ。気の抜けた炭酸のようになった母を見るにつけ、夫婦は長い時間をかけて夫婦になるのだとつくづく思ったものだ。

ところが女は強し。すぐに立ち直ると、生き甲斐《がい》のように手芸を始めた。几帳面《きちょうめん》な彼女の作品は完成度が高く、なかなかのものだった。ところが、私がパートの仕事に戻った途端、全く布を触らなくなった。おまけに、新聞に隅から隅まで目を通していたのに、ちっとも読まなくなったのだ。ゴミ出しの曜日は間違えるし、物忘れも頻繁になった。父方の祖父母は、どちらも六十代前半で亡くなっている。父もあっけなく逝ったので、老いの先など考えもしなかった。脳に刺激を与えれば進行が遅れるかもしれないと思い、娘と同居を決めたのはこの頃だ。それでも母のプライドを傷つけてはいけない。仕事で帰りが遅いから、家のことを手伝ってほしいと協力を仰いだら、それならば二人で山本の家に来いと言った。言われるままに三人の暮らしが始まり、母は張り切って夕食を作っていた。

しばらくすると、思いの外、準備に手間取るようになった。何気に様子を見ていたら、途中で自分が何をしていたか忘れてしまうらしかった。記憶もかなり曖昧で、近所の人に挨拶した後で、「知らん人じゃな」と呟いていた。いつだったか、「あの時はごめんなぁ」と、唐突に泣き出したことがある。驚いて理由を尋ねると、三十年以上も前、私が入院していた時の事らしい。「電話」という単語を繰り返して私に何度も謝るのだが、何のことか理解できなかった。とりあえず、「えらい昔の話じゃなぁ。あの時は心配させたけど、今はこうして元気にしとるけぇ、大丈夫で」となだめた。今さら、何に対しての謝罪なのかと気になったが、少ししたら何事もなかったかのようにテレビを見始めた。

賢くて気丈だった母が、遠くに行くさまを目の当たりにするのはこたえる。物忘れや勘違いと呼べる段階ではないので、昼間、留守宅に一人置くのも心配だ。かといって仕事に復帰したばかりで、そうそう休むわけにもいかない。福祉の人に相談してデイサービスを利用してもみたが、そのうち徘徊が始まった。こうなると母が最優先だ。理由を話したらオーナーもわかってくれた。

この頃の母はやたらと散歩に出たがったので、私が必ず付き添った。毎回、知らない土地の名前を呟きながら歩いていた。ある日、洗濯物を取り入れようと、ほんの少し目を離した隙にいなくなった。その時は、隣町でパニックを起こしている母を、近所の人が連れ帰ってくれたので事なきを得た。二回目は、私がトイレに入った数分の間に消えた。玄関や窓に鍵をかけていたが、外して出て行ってしまったのだ。方々探しても見つからず困り果てていたら、駐在所から連絡が入った。慌てて駆けつけて状況を聞くと、バス停に長時間、一人で座っているのを不思議に思った人が通報してくれたらしい。いよいよ手に負えなくて、再度、福祉の人に相談したら、施設入所を勧められた。書類を整えるために多くの段階を踏み、入った先は娘が勤める病院のすぐ隣だった。ありがたいことに、彼女が仕事帰りに寄ってくれるし、仕事に復帰した私も二日おきに通った。

母は私の顔を見ると必ず、娘時代の叶わなかった恋の話を昨日のことのように語り出す。半世紀以上も前の記憶が、今も鮮やかに残っているのだと思うと何とも切なくて、そんな母を見るたびに、たまがきさんと交わした約束を思い出すのだった。きっと母は後悔にピリオドを打てなかったのだ。私だって、あのままだったら母のように誰彼構わず、四十年以上も前の後悔を口にするかもしれないが、今はとりあえず、たまがきさんのおかげで波風立てずに過ごせている。ただ、そうは言っても先のことはわからない。もしかしたら、再び田辺さんに手紙を書くという暴挙に出るかもしれない。あるいは何もしない代わりに、遠い日の後悔を娘に延々と話して聞かせる可能性もある。なぜなら、いまだ煩悩に囚《とら》われる日が少なくないからだ。でも、そんな時は、「エゴを優先せず、見返りを求めず、相手の幸せだけを祈ること。深いご縁で結ばれた者同士が出会い別れたとしても、その選択が間違っていたなら何十年先でも再会できるはず。二度と出会わなければ正しい選択をした証拠」と言い聞かせている。

大人になっても正しい道を選ぶのは難しいし、大人だからといって冷静に対応できるとは限らない。未経験の出来事には戸惑って立ち往生してしまう。願っても思い通りにならなくて、何度も挫折を味わって……ぶっつけ本番の人生には失敗がつきものだ。それでも、諦めずに努力しなければ手に入らないことを知り、逆に、諦めなければ前に進めないことも学んだ。悩み、迷い、自分は何を大切に思ったか、幸せだったかと問いかけて、あらゆる後悔を諦めてしまえるのは、死の直前に目を閉じる瞬間なのかもしれない。私の人生いろいろあったけれど、今のところ、ほぼうまくいっているから、一つくらいは叶わない夢もある。もしそれが一番叶えたい夢で、死ぬまで思いが変わらないなら、来世に持ち越せばいいのだ。

中世から帰還して十年。私の家族の記憶がないと言った、たまがきさんの言葉が気になっていたが、その疑問がやっと解けた。彼女がこちらに来た時、夫も母も亡くなっていたのだ。きっと、あえて辛い未来を口にしなかったのだろう。娘のことが話題にならなかったのは、コロナの流行が原因だった。たまちゃんがここで過ごした半年間は新型コロナが猛威を振るい、他県に住んでいた娘は帰省を控えていたのだ。そうしてみると、一生のうちには様々なことが起きるものだ。人生は短くて長い。

もうすぐ、コロナ禍真っただ中の大変な場所へ、たまちゃんがやってくる。彼女が感染でもしたら大変だから、健康管理には細心の注意を払わなくては。そして私も、それまで何が何でも元気でいなければならない。きっと彼女には不便な生活を強いるし、楽しい場所に連れて行ってあげることもできないだろう。それでも精一杯のおもてなしをしよう。

この世界はたまちゃんにとって「初めまして」だ。七歳の彼女が読み書きに長けているとは思えないが、念のため、彼女の未来に関する本やパンフレットなどの資料は、目に触れないようにしておこう。そして、成人した彼女が覚えていたこの世界の出来事を、忠実に再現するのだ。彼女が私を心配して、再び向こうの世界に呼び出したりしないために、彼女の未来や私の後悔については一切触れてはいけない。もっとも、私が後悔を語る必要はなくなったけれど……。

何よりも大切なのは歴史を変えないことだ。ここで私が下手なことをしたら、七歳以降の彼女の人生が変わってしまう。もしかしたら日本の歴史すら変える可能性だってある。でも、たまきさんが祐清さんの遺品をもらえないのは気の毒だから、好きな人ができたら思いを伝えること、それが無理でも、その人が大切にしている物を記念にもらっておきなさいと、さりげなく彼女の頭にすり込んでおこうか。うまくいけば、短期間でも祐清さんとたまがきさんの未来が開けるかもしれない。それくらいは神様も許してくださるだろう。二人が結婚して京に行ってしまえば、祐清さんの後任代官が殺されるかもしれないが、そこは謝るしかない。二人の間にできた子どもが歴史を動かすくらいの大物になったなら……それでも歴史の大筋は変わらないと信じよう。

たまちゃんが中世に帰ったら、歴史書を調べよう。もしも彼女の存在が消えていたら、彼女が祐清さんの遺品を手にしたか、あるいは二人が手に手を取って京に行ったということだから、その後にどうなっていても良しとしよう。戦で死ぬ運命ならそれも仕方がない。二人のどちらか片方が残るより、一緒に死ねる方が幸せだ。

それはいいとして……たまがきさんが私を中世に呼び出す必要がなくなったら、私は中世に行かないことになる。そうすると、今の私の記憶はどうなるのだろう。パラレルワールドとやらには詳しくないが、たまちゃんが中世に帰った時点で、私は別の世界を生きるのだろうか。それとも、この世界の歴史はこのままで、私やお寺の住職たちの記憶、たまがきさんに関する何だかんだの全てが消されてしまうのか？　怖い怖い……。でも、記憶が消えたら何も覚えていないのだから、特段、支障ないのかもしれない。

それより、たまちゃんにどんなおもてなしをしようか。ここ数年の新見市は、Ａ級グルメの町として売り出している。チョウザメの養殖とキャビア販売。ブドウの栽培とワイン作り。飼育する和牛（千屋牛）はＡ５ランクのブランド肉で、とても柔らかく美味なのだ。キャビアにワインに牛肉と、どれも幼い彼女の口には合わないか。それならば、神秘の井倉洞や満奇洞に連れ出して、ゆっくり自然を満喫しよう。さあ、お楽しみはこれからだ！

ヤマボウシの下で

—第二章—

認知の症状が進んだ山本泰代が施設に入ったのは、四年近く前だった。入所したての頃は、短時間でも意識が鮮明になることがあったのに、今は起きている間のほとんどを、脳にベールを幾重にも巻いたような感覚で過ごしていた。

彼女に変化が起きたのは、部屋を訪ねていた孫の珠希に、娘時代の恋の話をしている時だった。その物語は幾度となく繰り返されていて、いつも幸福の絶頂で終わる。ところがこの日は、哀しい結末を迎える場面まで一息に進んでしまった。蘇った過去に心を乱された泰代は、孫の前で激しく取り乱した。そして、うろたえた理由を忘れてもなお、漠然とした不安を引きずって、深夜の病室で虚ろに天井を見ていた。すると、日が変わる頃に突然、脳を覆っていた分厚いベールがシュルシュルほどけて、同時に、とても大事なことを思い出した。

自分は、以前から記憶が断片的に抜け落ちていくのを認識していて、いつ、どうなってもいいように、身辺整理をしている最中だった。ところが、詰めの直前に入所したので、作業を中断せざるを得なくなってしまった。記憶が鮮明な今のこの状態は短期的なもので、明日になれば大事なことを忘れてしまうだろう。これは、死期が迫った私に神様がくださった最後のチャンスだ。今こそ、やり残したことをしなければ……。

泰代はムックリ起き上がると、サイドテーブルの引き出しからメモ帳とペンを取り出した。

「ホントは私だけで完結させたいけど、こうなったら珠ちゃんにお願いするしかないの。ごめんね」

何度もそう呟《つぶや》きながら、時間をかけて珠希宛てのメモを残した。あいにく封筒など気の利いたものはない。ふと、いつも持ち歩いていた小ぶりのバッグに、いざという時のためにとポチ袋を入れていたのを思い出した。保険証や診察券などの一式をあのバッグに入れていたから、おそらくここに持ち込んでいるはずだ。泰代はぎこちない動きでベッドから両足を下ろした。なかなか履けないスリッパに苛立ちながら、やっとのことで足を入れると、転ばないように細心の注意を払って立ち上がった。

バッグはロッカーの中にあって、その中に小さいポチ袋が入っていた。

「最後の最後に、いざという時がきたわね」

ほくそ笑んでポチ袋に珠希の名を書き、先ほどのメモを入れてサイドテーブルの引き出しの奥に納めた。できるなら、今のこの姿を家族に見せたい。そして、メモのことを直接珠希に伝えたいけれど、明日にはきっと……だから、こうしておけば記憶がよそに行っても、あるいはこのまま自分が死んでも、娘か孫のどちらかがこれを見つけてくれるはずだ。

安心して横になったはずが、かえって目が冴えてしまった。そこで、再び脳が迷路に入り込む前に、自分が生きた証、喜怒哀楽の歴史をたどってみようと思った。幼少期のことはよく覚えていないし、戦争など思い出したくもない。だったら、岡山県北で教職に就いた頃から今までのことを、誰かに聞かせるように言葉にしてみよう。話が前後したり飛んだりするだろうし、思い出した先から忘れてしまうかもしれない。でも、自分史を書くように、頭の中で問わず語りをしよう。思い残しなく眠りに就くために……。

新卒で田舎町の小学校に赴任した私は、二年生十人のクラスを任されました。全校で七十人ほどの小さな学校です。職員の数は、校長先生以下用務員さんを入れても十人ほどでしたか。少人数のせいもありますが、当時は今と違って子どもも教員も、時間と心に随分ゆとりがあったように思います。図工の時間、子どもたちを連れて学校裏の河原へ繰り出し、工作に使う小石を選んだり、土手で草や葉っぱを探したり……休憩時間になると、一目散に運動場へ飛び出す彼、彼女らに誘われて、長縄跳びや鬼ごっこ、ボール遊びなどをしました。事務仕事は多くありませんでしたから、その分、多くの子どもと話もできました。休憩時間の職員室は和やかで、年配の女性教員は、引き出しの中のお菓子をつまんでいました。口をモグモグさせながら、自分のクラスのAさんが風邪で休んだとか、Bくんがお母さんに叱られて泣きながら登校したとか、子どもたちに起きた細かいことを伝え合う時間でもあったのです。

下宿は学校から近く、通勤には楽でした。自転車で通いましたが、雨や雪が降る日は、子どもたちと一緒に歩いて登校しました。仕事帰りに時々立ち寄る雑貨屋のおばあさんは親切な人で、買い物を終えた私に庭の花を切って、新聞紙に包んで持たせてくれたりもしました。

当時の移動手段といえば、自転車、オートバイ、バス、蒸気機関車や汽車が主流でした。下宿の近くに馬車を操るおじいさんがいたくらいですから、自家用車を見ることなど滅多にありません。田舎は舗装された道路が少なくて、どこもかしこも凹凸だらけ。雨の日には大小無数の水たまりができて、たまに通る車が激しく水しぶきを上げるので、頭から泥水をかぶったことが何度もありました。

祝祭日を除いた休みといえば日曜日だけで、遠出することなど、まずありませんでした。ごくたまに岡山へ行く時は、自転車やバス、蒸気機関車などを乗り継いで一日がかりです。石炭を燃やし、煙突から黒い煙をモクモク吐き出して走る蒸気機関車の車内は、何とも言えない独特の匂いがしました。窓を開けたままトンネルに入ると、煙と一緒にススが車内に飛び込むので、トンネルの中では目を閉じるか、顔を何かで覆うのが鉄則です。ススが目に入らなくても、服や顔に付いていようものなら困りもの。気付かぬまま顔を触ると、頬に黒い筋がついてしまうのです。今では考えられないような昭和の風景ですね。

ある日、職員室で帰り支度をしていたら、急に校長先生に呼ばれました。どんなヘマをしただろうかと緊張していたら、突然、お見合いを勧められたのです。それはもう驚きました。相手は隣の中学校に勤める山本健三さんという方で、私より五歳上の健康な好青年とのこと。隣の学校といってもかなり離れた場所にあったので、私はその人の存在すら知りませんでした。校長先生は自慢げに、「あそこに見えるのが山本君の家で、かなりの名家ですよ」と、校長室の窓から見える大きな門構えの旧家を指さして言われました。

当時、お見合いをすれば、女性の側から断るのは良しとされませんでした。先方が断らない限り決まったも同然です。おまけに、結婚後は女が家庭に入るのが一般的でした。でも、幼い頃から夢だったこの仕事を始めたばかりなので、辞める気は毛頭ありません。それに何よりも、見ず知らずの人と結婚を前提にお会いして、そのまま夫婦になるなど、とんでもないことに思えました。それに……理由はほかにもありました。私には、両親に内緒で結婚の約束をした人がいたのですが、訳あってお別れしたばかりだったのです。それなのに、別の人とすぐに結婚するなど考えられません。でも、親の言うことには逆らえない時代ですし、校長先生の薦《すす》めということもあって、私からお見合いを断ることはできませんでした。

お見合いの席で山本さんと二人きりになった時、結婚しても仕事を続けることと、ご家族との別居が結婚の条件だと伝えました。これなら先方が断ると思ったのです。当然、山本さんのご両親は難色を示しました。ところが、息子に説得されて渋々同意したそうで……言い過ぎかもしれませんが、やけくそで結婚したようなものです。

ここからは、結婚後のことになります。

約束通り、結婚しても仕事を続けました。ところが姑は、「嫁が外で仕事をするほど山本の家は困っとるんか言われて、とんだ笑い者じゃ」と、事あるごとに私に嫌味を言いました。そうなるとこちらも意地になります。早朝から家事を済ませ、仕事を終えてヘトヘトで帰宅しても夕食は必ず作るなど、朝から晩まで歯を食いしばって働きました。それでも、私たち夫婦の給料は山本家の収入だからと、給料袋ごと姑に取り上げられました。必要なお金はそのつど申し出て、姑が許可した分だけを与えられました。洋服を買うなどもっての外《ほか》ですから、子どもや自分の服は、布を買って自分で仕立てていましたよ。

お盆とお正月には、親戚一同が山本家に集まるので、宿泊用の布団をたくさん用意しなくてはなりません。三度の食事を準備するのも嫁の仕事なので、一日中台所に立ちました。お客様が全員帰られたら、やっと実家に帰るのを許されましたが、それも二日ほど。実家の母に、奉公人以下の扱いだとこぼしたこともありました。そんな私に母は再三、世間体など気にせず戻って来いと言いました。甘えたい時もありましたが、尻尾を巻いて逃げ帰るなどプライドが許しません。

夫は、もう一つの結婚の条件、つまり、両親との別居のことを誰にも話していませんでした。怒って理由を尋ねると、それを話せば結婚できなかったからだと言いました。そうでなくても舅・姑は、私が仕事を続けることに不満を持っていましたから、面倒事を増やしたくなかったのでしょう。

「そのことは時期が来たら話すがな。親戚や近所の手前もあるけえ、今でのうてもえかろう（今でなくてもいいだろう）」

そう言って、いつもはぐらかされて、別居の話は先延ばしです。あの時は騙《だま》されたと思いました。家柄はともかく、仕事柄、離婚はできないと覚悟していました。それでも別れたいと思うことはありましたが、子どもができるとそうもいきません。ただ、跡取り息子を産むと私の待遇が目に見えてよくなりました。姑が子守りまで買って出てくれたので、出産後も仕事を続けられたのです。やがて長女も生まれ、別居の話は立ち消えになりました。こうなると夫の勝ち。騙された私が悪い……。ため息が出ました。姑から、次は男子を産めと呪文のように言われましたが、病弱な私の体が持ちませんでした。でも、姑のことを恨みに思ってはいません。彼女にはお世話になったし、多くのことも教わりました。最期に私の手を取って、「ありがとう」と言ってくれた時は報われた思いがしました。

息子の俊一は今年還暦を迎え、看護師の嫁と二人で我が家の近くに住んでいます。孫たちはみんな社会人になり、最近は滅多に会うこともありません。娘の裕希は五十八歳。夫をガンで早くに亡くし、今は一人娘の珠希と二人で住んでいます。

私は長い間、裕希に罪悪感を持っています。

福祉の仕事に就くから、大阪の大学に進みたいと裕希が言い出したのは、高校三年の夏でした。寝耳に水でしたが、娘が大人になったように思えて、私は内心嬉しくてたまりませんでした。と言うのも、裕希はおとなしくて、一人では電車にも乗れないほど臆病な子だったからです。おまけにお洒落には無頓着。知り合いのお嬢さんは彼氏をよく家に連れてくると聞くのに、裕希は私の知る限り一度も異性とお付き合いしたことがなかったので、内心、気になっていました。親に反抗せず、滅多に自己主張をしない、そんな娘が県外の大学へ行きたいと言い出したのですから、将来を見据えた上での選択だと思いました。ところが夫は、裕希を眼の中に入れても痛くないほどかわいがっていたので、その話に猛反対しました。ただ、それには他にも理由があったのです。

夫の妹の百合子さんは、市内では中堅どころの花山建設という会社に嫁いでいました。百合子さんの夫・洋介さんは一人っ子です。彼のご両親は跡継ぎの誕生を心待ちにしていましたが、百合子さんは二度の流産を経験し、その後も子どもが授かることはありませんでした。養子を迎えることも考えたようですが、花山のご両親の意向で実現しませんでした。

花山家から、将来、裕希を養女にしたいと申し出があったのは、裕希が中学三年生の時のことです。肩身の狭い思いをしている百合子さんの気持ちは、痛いほどわかります。それでも私にとっては二人しかいない血を分けた大切な子どもですから、簡単に差し出す気にはなれません。夫もそのつもりでしたが、両親に泣きつかれたようです。

「花山さんは赤の他人に会社を譲りとうねんじゃ（譲りたくないんだ）。うちは子どもが二人おるけえ（いるから）、俊一を跡継ぎにすりゃあ問題なかろう。百合子の家なら安心じゃがな。花山の籍に入らんでもええ言ようるし、花山建設に就職して婿を取りゃあええんじゃ。遠くに嫁ぐ心配も、嫁姑の問題もなかろう」

親族を敵に回したくはないし、百合子さんのことを考えると断れませんでした。

このことは、裕希が就職を考える段階で話すつもりでしたから、今が良い機会だと夫に提案しました。ところが彼は、裕希が怒って、ますます家から出たがると言って反対しました。裕希を近くの短大に行かせた後に、花山家と養子縁組をして婿を取ると、勝手に企てていたのですから当然です。私は娘の意思を尊重したかったので、一肌脱ぐことにしました。

「裕希は世間知らずじゃけえ、ずっとぬるま湯に浸かっとったら成長せんし、第一、今のままじゃったら百合子さんらに迷惑がかかるじゃろう。四年間だけでも一人暮らしをして、社会勉強をさせたらええと思うんよ」

花山家に迷惑をかけることは、夫も望まなかったようです。

卒業の年になって、そろそろ養子の件を話そうと思っていた矢先、裕希が大阪の介護施設に就職したいと言い出しました。猛反対する夫には、ここで養女の件を持ち出せば余計に話がこじれるから、今は伝えないようにと念を押しました。裕希は何度も電話してきましたが、夫は頭ごなしに反対するばかりで埒《らち》が明きません。そのうち、「お前のせいじゃ。今を逃したら二度と岡山に戻ってこんぞ」と、私を責めるようになりました。

女の勘とでも言うのでしょうか。私には仕事だけが理由とは思えず、ほかに理由がないかと尋ねました。すると案の定、お付き合いをしている人がいると打ち明けました。親が背中を押してやらなければ先に進めないような娘が、いつの間にか一人歩きしていた。親としては喜ぶべきですが、相手の男性について何も知りません。世間知らずの娘のこと。もしかしたら悪い男に引っかかって、遊ばれて捨てられるのではと不安になりました。それでも、今は娘を信じよう、傷ついて帰って来るなら受け入れようと思ったのですが……男親は、そうはいかないものらしいのです。いくら私が説得しても耳を貸さず、娘を最善の場所へ導いてやるのが親の務めと言って、決して折れようとしません。最後には、禁じていた養女の話まで持ち出す始末です。介護の仕事をしたい、大阪に残りたいという娘の気持ちより、親のエゴを優先するなんて……。困り果てた私は、百合子さんに正直に話して、約束を反故にしてもらおうとしました。

ところが、あれほど帰郷を渋っていた娘が突然、帰って花山建設に就職すると言い出したのです。驚いて理由を尋ねると、サバサバした口調で、「家を出てみたかっただけで、特別な思い入れはなかったんよ。彼とも別れたし」と言いました。あまりにあっさりしていたため、今の若い子はそんなものなのかと、その時はそう思いました。

夫の希望通り、裕希が花山建設に就職しました。でも、無理に帰らせた手前、養子縁組はもう少し落ち着いてからということになりました。

「裕希ちゃん、仕事がんばっとるんよ。家のこともいろいろしてくれて、ホント助かる言うて旦那とも話しょんよ。若い子が家におるだけで華やぐけえ、ええわぁ」

百合子さんは、いつも電話で嬉しそうに話してくれました。今まで子どもがいなかった分、裕希の存在を新鮮に感じていたようです。

時に裕希が、我が家に顔を見せることがありました。たまにしか見ないせいか、帰る度に痩せている気がしたのですが、それも慣れない仕事のせいと軽く考えていました。ところがある日、裕希が倒れて入院したという知らせが入ったのです。病院に駆け付けると、担当医から「子宮ガンの可能性が高い。若いから、ほかに転移しているかもしれない」と告げられました。すぐに手術をしましたが、ガンなら子宮を全摘出するので子供は望めない。それは仕方ないとしても、ほかの臓器に転移していたら命まで取られてしまう……。後ろから頭を思い切り殴られたようでした。

手術は一応成功し、早期の発見で子宮も残りました。でも、詳しい組織検査の結果がすぐに出ないから、ガンの可能性は消えていないと言われました。手術後二日間は集中治療室に入るので付き添いは不要と言われ、私はいったん帰宅しました。

手術の翌日、田辺と名乗る男性から電話がありました。物静かで誠実な印象で、裕希がお付き合いしていた人だと直感しました。彼は懇願するように、裕希の病状や入院先を尋ねました。その時初めて、二人が別れた本当の理由を知りたいと思ったのです。娘が体を壊したのは、その人と別れたせいではないのか？　あっけらかんとしていたけれど、実は何かほかの理由があったのでは？　親のくせに、私は何一つ知りませんでした。もしかしたら、自分と同じ悲しみを娘にも味わわせたのではないかという、敗北感に似た感情が沸々と湧きました。

田辺さんに入院のことを告げたのは裕希本人で、詳細を伝えなかったのは考えがあってのことでしょう。田辺さんは、裕希のことが心配で電話をしてきたはずですから、入院先を教えたら会いに来るかもしれません。場合によっては復縁だってあり得ます。でも……裕希の回復を心から願っていましたが、もしもガンだったなら……死が近くて、あるいは子供ができないと知って一緒になる人はいないでしょう。彼はどんな思いで会いに来るのでしょうか。その時の裕希の気持ちは？　私は咄嗟《とっさ》に、「娘の幸せを望むなら、二度と関わらないでほしい」と言って、電話を切ってしまいました。

退院前の説明で、組織検査の結果を聞きました。世界的にも珍しい腫瘍で、今の段階では良性か悪性か分からない。ただ、くれぐれもストレスは避けるように言われました。ガンは否定されず、転移の可能性や五年生存率もハッキリ示されないままの、不安が残る退院でした。

俊一が帰省したのは、裕希が退院した翌日の午後でした。裕希は、わざわざ帰らなくてもいいと言ったそうですが、俊一にすればたった一人の妹ですから、仕事を休んででも無事な姿を見たかったのでしょう。俊一には、予め裕希のストレスの原因を伝えて、決して大阪の話をしないよう頼みました。すると俊一は、「体が死にたいと思うほど辛かったんかな」と言いました。もしかしたら、裕希から相談を受けていたのかも知れません。

「俊一。あんた何か知っとるん?」

「いいや。でもな、裕希はもう子供じゃねんじゃし、昔から軽はずみなことをする子じゃなかったろう。帰りとうのうても(帰りたくなくても)帰らにゃあいけん理由があったんじゃねんかなぁ」

こたえる一言でした。裕希が「岡山に帰らない」と言った時、私がもっと頑張って夫を説得していたら、こんなことにならなかったのではないか……。私は自分を責めました。

退院した裕希に、田辺さんから電話があったと伝えるべきか、ずいぶん迷いました。話せば裕希は田辺さんに連絡するでしょう。それが良い結果を生めばいいけれど、傷つくことになったら……絶望的な思いは二度とごめんです。それに、裕希が入院先を教えなかったのは、二度と会うまいと決めたからだと思うのです。ならば黙っておこう。その代わり裕希が幸せになるなら、どんなことでもしようと決めました。今思えば親のエゴです。でも、あの時の私は心が弱っていました。電話の件を内緒にしたことは今でも後ろめたいですが、裕希が幸せになったのですから、これでよかったと思いたいのです。

職場での夫はよく喋《しゃべ》り、人当たりもいいようですが、家では無口で感情を表に出しません。そんな彼がある日、浮き足だって「コイツはいいぞ」と、写真片手に帰宅しました。何のことだか分からぬままに、とりあえずその写真を見ると、スマートで、なかなかハンサムな男性が映っているではありませんか。

「裕希の見合い相手の川村昭平君じゃ。この男なら大丈夫じゃと洋介君が言うとった。百合子もゾッコンじゃと」

聞けば、百合子さんの夫の洋介さんは、大手建設会社の岡菱社長と旧知の仲で、仕事のみならずプライベートでも、よく行き来しているそうなのです。ある時、岡菱社長が洋介さんに、裕希のことを詳しく聞いてきたそうです。洋介さんが理由を聞くと、秘書の川村昭平さんは取引先の三男坊で、花嫁募集中とのこと。彼を裕希の婿にどうかという話でした。それを聞いた百合子さんが、夫に打診してきたのです。私は裕希に負い目があります。川村さんが裕希の心の傷を癒やしてくれるなら申し分ない話です。ただ、一番の心配は裕希の病気でした。退院後の経過から、たぶん良性腫瘍で再発の可能性は低いと言われましたが、子どもが持てるかどうか実際のところはわかりませんし、本人はお腹の傷跡も気にしているでしょう。相手がそれをどう見るか……。

ダメならそれだけのご縁ということでしょうが、断られた方はショックです。一生結婚しないと言い出すかもしれませんから、親としては気になるところでした。

お見合いの翌日、川村さんは裕希の病気を知った上で気に入ってくれたと、百合子さんから電話がありました。裕希も断る理由が見つからなかったようです。それからはトントン拍子で話が進み、結婚した二人は、我が家の近くのマンションに住み始めました。なかなか妊娠の報告がないので、病気のせいかと心配しました。ですから、孫ができると知った時は本当に嬉しくて、無事に生まれてくれますようにと、毎日神棚に手を合わせました。孫に「珠希」と名付けたのは私です。お祈りしていたら突然、その名前が降りて来たのです。誰も信じてはくれませんでしたが、運命だと思いました。

私は元々、体が丈夫な方ではありません。教員は体力が勝負なので、五十歳を過ぎた頃から、体育の授業などがきついと感じていました。そこで、夫の定年退職に合わせて私も早期に退職をしました。それから数年は夫と二人で旅行をするなど、自由を満喫しました。

珠希の小学校入学を機に、裕希が仕事に復帰しました。珠希は毎日、学校帰りに我が家に寄って宿題をしたり、私と一緒におやつを作ったりしました。中学に上がると、勉強や部活動が忙しいのに加え、一家で郊外へ引っ越したので、顔を合わせることが少なくなりました。

年を重ねて体が弱ると、遠出が億劫《おっくう》になります。家で過ごす時間が増えた私は、夫の細かいことが気になり始めました。夫は、仕事をしていた頃の生活を変えようとはしませんし、元来の気難しさも増すばかり。おまけに、三度の食事と掃除・洗濯、ご近所付き合いなどは全て私任せなので、不公平感が拭えません。ゴミ出しを頼んでも、収集所に持って行ったのは二回だけです。聴力が衰えると、自分に都合の悪いことは聞いていないの一点張りで、補聴器を買っても、合わないと言って放置しています。細かい不満を数え上げればきりがありません。元教員は頑固者が多いと言いますが正にその通り。自分も元教員ですが、あそこまでではないと思います。期待するから腹が立つのだと気付き、手のかかる子どもと思うようにしました。すると、各段に気が楽になりました。

膝の痛み以外は特に心配事もなく、このまま静かに余生を送るものと思っていたのも束の間、夫が心臓発作であっけなく天に召されました。口喧嘩をしても、嘘つきのこん畜生と思っても、縁あって長い時間を共に過ごした人ですから、いなくなれば風通しが良すぎて寂しいものです。でも、私より先に逝った彼は幸せでしょう。私が先に死んで彼一人残されたら、あんな頑固者、誰も相手にしてはくれませんからね。

独りで暮らす私を心配して、子どもや孫たちがよく顔を見せてくれるようになりました。私は誰よりも幸せ者です。でも、その頃から脳が少しずつ壊れてきたのを自覚し始めたのです。わかっているうちは大丈夫かもしれませんが、やがて忘れたことも忘れてしまうと思えば、生涯でたった一つの心残りの後始末を、きちんとしておきたいと思いました。それは埋火《うずみび》のように消えることのない、ある方への想い……。いい年をしてと笑われそうですが、死ぬまでに一目会いたいという思いは決して消えません。必ず会いに行くと約束したのですから……。

今と比べると、昔はみんな貧しい暮らしをしていましたが、戦時中は特にそうでした。私は田舎に住んでいて空襲とは無縁でしたし、実家は山林や田畑があったので、贅沢《ぜいたく》はできなくても日々の生活に窮することはありませんでした。両親は材木商を営んでいて、教員になりたいという私の夢を叶えるために、大学にも行かせてくれました。家から通うには遠かったので下宿をしました。そこの隣家に住んでいたのが、隣町の学校に通う鈴江裕次《すずえゆうじ》さんです。彼は背が高くて、今で言うイケメンで、私たちは一目で恋に落ちました。当時は表立っての交際などできませんでしたから、内緒でピクニックに行ったり、散歩がてら、おしゃべりをしたりして……そのうち結婚の約束をするまでになったのです。

ところが、このことが厳格な父の耳に入ってしまいました。父は、どこの馬の骨ともわからぬ学生身分の男に娘をたぶらかされたと激怒して、私に家から学校へ通うよう命じました。当時は家長である父の意見が絶対的で、逆らうことなどできません。私はすぐさま鈴江さんに伝えて、「明日になれば家に連れ戻されるから、今夜のうちに最終のバスで駆け落ちしましょう」と言いました。鈴江さんは何度も頷《うなず》き、バス停で落ち合う約束をして別れました。私は下宿に戻って大急ぎで荷造りをして、暗くなるのを待ちました。そして懐中電灯も持たず、誰にも見られないように、こっそりバス停へ向かいました。所々に街灯がありましたが、灯りの下以外は真っ暗でした。普段は月あかりに照らされているのでしょうが、その夜は新月なのか、とても暗くて心細かったのを覚えています。

やっとの思いでバス停に着き、待合所に置かれた木製の長椅子に座って、ただただ鈴江さんを待ちました。そして、ずっとずっと待ち続け、とうとう泣きながら最終のバスを見送って……彼の身に何か起きたかと心配でたまらず、家を訪ねたのですが、真っ暗で人の気配がありませんでした。仕方なく下宿に戻って、眠れぬまま夜を明かしました。外が明るくなってもう一度、鈴江さんの家の様子を伺いましたが、やはりカーテンは閉まったままでした。大家さんに尋ねると、急なことで理由はわからないが、一家で京都に帰ったと言いました。駆け落ちを約束したその日、彼は私に何も告げず、突然、家族と共に姿を消しました。連絡先もわからず途方に暮れた私は、その日の午後に実家へ連れ戻されて、しばらく死んだように過ごしました。

それから半年ほど経った頃、私の親しい友人の名を語って、鈴江さんから手紙が届きました。息苦しさに身悶えしながら急ぎ読むと、家族で京都に引っ越したという知らせと、自分には許嫁《いいなずけ》がいて、最初から私と結婚するつもりがなかったので、駆け落ちしようと言われて怖気付《おじけづ》いたこと。私をだました卑怯《ひきょう》な自分を憎んでほしいこと。そして最後に、みんなに祝福される幸せな人生が送れるよう祈っている、と書かれていました。絶望と憤りと情けなさで、涙も出ませんでした。彼が私に示した優しさが嘘だったとは、とても信じられません。本人と直接話をしたかったのですが、手紙には住所が書かれておらず、それきりになってしまいました。

一年経って見合い結婚をしました。中途半端な名家を自慢する姑の嫁いびりには苦労しました。それでも、優しい夫に愚痴はこぼせません。辛い時は、なぜか鈴江さんを思いました。あんなに辛くて苦しいことは、この先二度と起きないと確信していましたから、多くの苦労も難なく乗り越えられました。私は鈴江さんのお陰で強くなったと思っています。

鈴江さんにもう一度だけ会いたくて、事あるごとに彼を知る人に消息を尋ねましたが、皆、一様に首を横に振りました。私に住所を教えなかったのは、彼なりの優しさだったのでしょう。でもせめて、生きているのか、元気なのか、それだけでも知りたいと、ずっと思っていました。納得できない別れ方をすると、どれほど時間が経っても終わりにできないものです。ほかの人はどうだか知りませんが、命がけの恋と信じていた私には、そうだったのです。

最近になって、女学校時代の友人から鈴江さんの現在《いま》を知らされました。すぐにでも会いたかった。彼が私を拒むなら遠くからでもいい、一目無事な姿を見たい。それがだめなら近況を知るだけでもと、わずかな望みを託して手紙を書いたら、二週間ほどで返事が届きました。それには、何も言わずに去ったことへの謝罪と真実、その後の彼の暮らしぶりが書かれていました。

駆け落ちを思いつく少し前のこと。鈴江さんがご両親に私のことを話したら、二人とも学生身分だから、結婚は早すぎると猛反対されたそうです。そして駆け落ちの日。鈴江さんのお母様の実家は京都の老舗和菓子屋で、彼女のお兄様がお店を任されていました。ところが、その日の夕方、そのお兄様夫妻が急死されたため、家族は大慌てで京都へ向かった。葬儀の後で岡山へ戻ったけれど、下宿に私の姿はなくて、誰一人、行方を教えてはくれなかったそうです。

後継者を失った和菓子屋の先代は、鈴江さんのお父さんに頼み込んで、後を継いでもらうことにした。つまり、鈴江さんもその後継者候補になったわけです。彼は、せめて学校を卒業するまで岡山に残りたいとご両親に頼みましたが、聞き入れられませんでした。一家で京都へ引っ越してからも、何度か私宛に手紙を書いたそうです。でも、彼が出したはずの手紙は私の元に一通も届いていません。誰かが意図的に処分したのだと思います。

鈴江さんは、いくら待っても返事がないので愛想をつかされたと思い、将来のことを考えたそうです。互いの両親を説得して結婚すれば、私は教師になる夢を捨てなくてはならない。おまけに、知らない土地で和菓子屋という慣れない仕事をさせることになる。とても幸せにする自信がなくて、互いの将来のために二度と会うまいと決心した。私が鈴江さんを憎むよう、自分には許嫁がいたという嘘の手紙を書いた。やがて、私が結婚したと聞き、自分も結婚して二人の子供をもうけた。今は長男に和菓子屋を譲ってのんびり暮らしているが、足が不自由で人と会うのが困難である、とのことでした。その代わり手紙のやり取りをしようと約束しました。

残酷な嘘をついてまで、私の夢を叶えてくれた鈴江さんには感謝しています。でも、私が何より大切だったのは鈴江さんです。彼と結婚できたなら、教員になる夢などどうでもよかった。親に勘当されてもよかった。彼と一緒になって和菓子屋を盛り立てたかった。それなのに、何の相談もなく大事なことを一人で決めて、私を置き去りにしたことには今も納得できずにいます。

人生は思い通りにならぬものです。ほんの少しのタイミングで、運命が一八〇度変わってしまうのですから。もう少し早く彼の消息が分かっていたら会うことも叶ったのに、それなのに……。あぁ、もう少しだけ時間がほしい。一目だけでも鈴江さんに会いたい。たとえこの身が滅んでも、魂が会いたい人の元に行けるのだとしたら……今すぐ息絶えたい。それが私のたった一つの望みです。

語り終えた泰代は、そのまま静かに目を閉じた。

ヤマボウシの下で

―第三章―

「ハンサムで背が高うて、そりゃもう理想的な人なんよ。初めて会うた時、この人と結婚しようと決めたんで」

ベッドに腰かけて、窓際の紅葉が散る様を眺めていた泰代さんが、急に頬を赤らめて語り始めた。普段は標準語なのに、この話をする時は、いつも方言丸出しになるのが面白い。

我が家は少し複雑で、私には川村淑子《よしこ》さんと山本泰代さん、そして花山百合子さんという三人の祖母がいる。

淑子さんは父方の祖母で、父が幼い頃に亡くなっている。私はモノクロ写真でしか知らないが、細面の美しい人だったようだ。

施設にいる泰代さんは母方の祖母、百合子さんは母方の祖父の妹だ。私の母が百合子さんの嫁ぎ先の家業を継いだので、私にとっては百合子さんもおばあちゃん同然なのだ。そんなわけで一人っ子の私は、父母と、淑子さんを除く五人の祖父母に見守られて大きくなった。

泰代さんは若い頃に小学校の先生をしていた。同じ町の中学校の先生だった山本健三さんと結婚して、子どもを二人もうけた。俊一伯父さんと、私の母・裕希だ。健三さんの妹の百合子さんは、建設業を営む花山家に嫁いだ。ところが子どもに恵まれなくて、姪に当たる母が花山建設を継いだらしい。父は婿養子のような形で花山家に迎えられたが、結婚後に姓を変えなかった。だから私は川村姓なのだ。

泰代さんの家は、我が家からそう遠くない場所にある。私が小学生の頃は、両親も百合子さんも働いていた。泰代さんは仕事を辞めていたので、私は学校から帰ると毎日、泰代さんの家で過ごした。両親の仕事柄、月末は帰りが遅くなることが多くて、そんな日は泰代さんの家で夕ご飯も食べていた。中学になると部活や勉強に時間を取られるようになり、大阪の病院に就職してからは、泰代さんや百合子さんに会うのがお正月だけになった。

父が亡くなったのは、私が二十九歳の時だった。ガンに罹《かか》ったと聞いた時は愕然としたが、それから三カ月もしないうちに二週間持つかどうかと知らされ、慌てて帰省した。父は私の顔を見て安心したように笑ったが、それから十日ほどで逝った。葬儀が終わって一週間後、泰代さんから電話があった。「裕希が全く家から出ない。あの子は真面目だから、思い詰めると何をするかわからない」と何度も繰り返すのだ。私は「疲れが出たんじゃろう」と答えたが、泰代さんは不安で仕方なかったのだろう。泰代さんに甘えてばかりではいけない。私は新見市内の病院で看護師をしている親友の晴香に、帰郷して就職したいと相談した。

四十九日法要の前日に帰省して、五日間母のそばにいた。ちょうどその時、晴香から、自分が勤めている病院の事務に空きができたという連絡をもらった。面接を受けたら採用されたので、大阪に戻ってすぐに病院とアパートに別れを告げると、母と二人で暮らし始めた。

ところが、母が仕事に復帰して少ししたら、今度は泰代さんに認知の症状が現れた。夫の健三さんが心臓発作で亡くなってから、泰代さんはずっと一人で暮らしていた。背筋の伸びた人だが、自分より先に娘婿まで失ったのが余程こたえたのだろう。そこで、母と一緒に泰代さんが住む山本家に同居することになった。母はどうだか知らないが、私はサッパリした気性の泰代さんと昔から気が合ったので、女三人三世代のルームシェア感覚だった。

同居が功を奏したかのように見えたのも束の間、ある時期から泰代さんの症状が急速に進んだ。徘徊が始まると、母も私も仕事どころではなくなり、とうとう施設に入ることになった。私の職場は施設から近いので、用事がない日の仕事終わりは泰代さんを訪ねた。

泰代さんは私を友達と勘違いしているようだった。遠くからでも私の姿を見つけると、待ってましたとばかりに笑顔で部屋へ迎え入れる。最近は日を追うごとに若くなり、はるか昔の恋物語を、はにかみながら昨日のことのように繰り返し聞かせてくれる。初めてこの話を聞いた時は、そうまで想ってもらえた健三さんは幸せ者だと羨ましく思ったものだ。

「一回だけじゃけどなぁ、二人で映画を観に行ったんで。後で感想を言い合って、同じ場面で感動したのがわかったら、そりゃあもう嬉しゅうてなぁ（嬉しくてねぇ）。お寺や神社巡りは、ようしょうたなぁ（よくしていたなぁ）。ほんまに（本当に）、よう歩いた。私はいっつも（いつも）、あの人の後ろをチョコチョコ歩いとったんよ。あの人は歩くのが早うてなぁ。そういやぁ（そう言えば）、映画を見に行った時、人混みではぐれて……その後、手をつないでくれたんで。なんか恥ずかしゅうて、でも嬉しゅうて」

元々の優しい目が眼瞼下垂でさらに柔らかくなっていて、その柔和な眼差しでウットリ遠くを見るのだ。それが何とも言えずかわいらしい。

「優しゅうて思いやりがあってなぁ。大好きなこの人と結婚する運命なんじゃと思うとった。映画みたいな恋じゃったんよ。本当に幸せじゃった」

本当に、こっちまでホンワカした気分になる。

「私の名前を呼び捨てにしてもええか言うて……かわいいじゃろう。私は照れ屋じゃけえ、面と向こうたら恥ずかしゅうて、あの人のことを名前じゃ呼べんかった。呼んでほしかったようなけど……。呼んであげたらよかったなぁ」

子どもができると、大抵の夫婦は互いを「お父さん・お母さん」とか、「パパ・ママ」と呼ぶようになる。うちの両親もそうだ。健三さんは、泰代さんのことを「母さん」と呼んでいたけれど、泰代さんは誰の前でも、「健三さん」と名前で呼んでいた。そんな泰代さんのこだわりの原点はこれだったのだ。

いつも同じ話を繰り返すので、私はそのうち熱心に聞く振りをするようになった。ある日、泰代さんがいつもの恋物語の先を語り始めた。

「あの人は私を大事にしてくれてな。私らは結婚する約束をしたんで。でもなぁ、急におらんようになったんよ（急にいなくなったのよ）。あぁ……。私は独りぼっちになってしもうて…」

突然、泰代さんの表情がこわばって号泣し始めた。こんなことは初めてだ。

「大丈夫？　横になろうか」

泰代さんの背中をゆっくりと擦り、なだめながらベッドに横たえた。やがて気持ちが切り替わった泰代さんが、「また来てくれる？」と、右に小首をかしげて無邪気に笑ったので、私は

「うん。必ず来るよ」と笑顔で応えた。今日はここまでだ。きっと泰代さんは疲れたのだ。でも、急にいなくなったって……ずっと聞かされていた話は、健三さんとの思い出ではなかったのだろうか。それとも、一度別れて、またくっついたとか？　そういえばいつだったか、その人はハンサムで背が高いと言っていた。でも、健三さんの身長は中くらいだし、孫の私がどう贔屓目《ひいきめ》に見てもハンサムとはいいがたい。若い頃のことは知らないけれど……。

気になったので、泰代さんたちの馴れ初めを母に聞いてみた。すると二人はお見合い結婚で、お互いのことをほとんど知らないまま結婚したのだと言った。ならば今、泰代さんの脳を占領している恋人は、健三さんとは別の人だ。そして錯乱した泰代さんを見れば、この恋が辛い結末だったと容易に想像できる。別れを思い出に変えて、健三さんとの穏やかな生活を選んだのだろう。でも、今の泰代さんは過去に戻って、当時好きだった人との思い出を何度も反すうしている。これは幸せと言えるのだろうか。

帰り道、相手の男性が気になって、帰って写真を探そうと急いでいたら、突然、古い話を思い出した。

我が家は共働きで日中留守なので、夏休みになると毎年、私は泰代さんの家で過ごしていた。あれはたしか、小学三年生の夏だった。その年は猛暑で、休みに入ったばかりのこの日も、朝から太陽が大笑いしていた。学校で作った計画表にそって朝のうちに宿題を終えた私は、南向きの庭に面した縁側に座り、誇らしげに咲く数本の向日葵《ひまわり》を見ていた。

キッチンから、「おやつだよ」と泰代さんの声がした。小走りで向かった先のテーブルの上には、サイコロ状に切られたスイカがガラスの器に整然と並んでいた。

「珠ちゃんはエラいねぇ。毎日、計画通りに勉強が進んで。おばあちゃんが珠ちゃんくらいの頃は、遊びたい気持ちの方が勝ってたよ」

「だって、宿題が終わらないとプールに行っちゃダメって、ママが言ったもん」

午後のプールには吉田君も来るはず……。思わず顔が緩んだので、照れ隠しに泰代さんに聞いてみた。

「おばあちゃんの初恋の人って、どんな人？」

泰代さんは、おや？　というふうに首を右にかしげて優しく微笑んだ。

「そうだねぇ。初恋なんて昔すぎて、どんな人か忘れちゃったよ。でもね、おばあちゃんがうんと若い時に大好きだった人のことは、今でもよく覚えてるよ」

「ふうん。それって、おじいちゃん？」

「おじいちゃんも好きだけど、その人は、おじいちゃんに会う前に好きだった人」

「どうしてその人と結婚しなかったの？」

「好きになった人みんなと結婚してたら、何回も結婚しなくちゃいけないよ。それに、人の気持ちはずっと同じじゃないからね」

「好きになる人は一人じゃないの？」

「生きていれば、いろんな人と出会えるんだよ。その中には、ずっと大好きな運命の人っていうのがいるの。珠ちゃんの運命の人はどんな人かなぁ」

「うーん……。わかんないよ。ゲホッ」

スイカの汁にむせ返る私を見て、泰代さんが「あらまぁ」と笑い、「いろんな人をいっぱい好きになってね」と、頭のてっぺんをそっと撫でた。

幼い私に、なぜ泰代さんがそんな話をしたかは謎だが、二十年以上前の会話を今でもはっきり覚えているのは、何かしら感じるところがあったのだろう。そして、泰代さんが繰り返す恋の話は、その運命の人との思い出に違いない。


運命か……。私は恋愛に対して臆病だ。どんなに素敵な出会いがあっても、いずれは別れる。深く付き合った分、傷も深くなる。痛い思いはしたくないので、濃い恋愛は意図的に避けていた。英輔との関係も薄いまま終わらせたかった。

二つ年上の英輔とは大学で知り合った。関東出身の彼は、卒業したら実家近くの会社に就職すると昔から決めていた。私は一人っ子だから、両親や家のことを思えば、できれば岡山、それがダメでも近畿圏内を考えていた。関東は遠すぎる。当然、卒業後は別々の道を歩くから、深入りできない相手だったのだ。

「珠希もこっちに就職しろよ」

希望の会社に内定をもらった英輔がそう言った時、私は「無理だよ」と即答した。彼の言葉の意味はわかっていたし、遊びで付き合っていたわけでもない。むしろ彼はかけがえのない人だ。

でも、結婚は先の話と思っていたので、唐突な誘いに戸惑ってしまった。関東には住めない。今はまだ、英輔への想いがそこまで届いていない。結論を出すのは今じゃない。彼と離れることは、とても哀しくて寂しくて辛いけど、私たちが特別な縁でつながっているなら、この関係は終わらない……何の根拠もなく、そう思った。だから、「英輔は大切な人だけど、今はそこまで考える余裕がない」と伝えた。彼は、「珠希が考えてくれるようになるまで待つよ」と言った。私が大阪の病院に就職しても、英輔との関係は変わらず続いた。

付き合い始めて五年が経った頃、私たちは終わった。英輔を愛しているし、彼は私の運命の人かもしれない。でも、どうしても関東に住む決心がつかなかった。もし彼と別れて一生結婚できなかったら？　自分で決めたのだから仕方がないと割り切れるだろうか……。

「男と女って、結局は結婚するか別れるか、だろ？　珠希のことは、とても大切に思ってる。だからこそ、いつまでも中途半端なのは珠希に失礼だと思うんだ。自分にも腹が立つっていうか……」

「……そうだね。私が悪いんだ。ちゃんと決められなくてズルズル引っ張って、英輔にこんなこと言わせるなんて……ごめんね。本当にごめん」

「謝るなよ。こっちが勝手に待つって言ったんだし……本当は、もっともっと待っていたいけど、この気持ちが珠希を苦しめてるんなら、諦めるしかないのかなって……。他に好きな人ができたとか、そういうんじゃないんだ」

三年経っても迷っているのは、彼の優しさに甘えて流されて、決める努力をしなかったからだ。ここで決断しなければ、今以上に彼を苦しめてしまう。別れたくないけれど、どうしても決心できないなら……もうこれ以上、迷惑はかけられない。

「……ごめんなさい…」

「うん。そうか……。ありがとう。俺、後悔してないと言い切れる。うん。一緒に過ごせて楽しかったよ……。なぁ。俺は、しがらみってやつに負けたのかな」

「……ううん、違う。しがらみに負けたのは私の方だよ」

誰かの後押しや何かのきっかけがあったなら、私は彼の気持ちを受け入れていたかもしれない。でも、自分で決めたのだから、割り切って前に進むしかなかった。


「なあ、なあ。今度の日曜、映画観に行こうや」

人当たりが良くて仕事もできる山田は、事務長のお気に入りだ。既婚者のくせに女癖がよくないと聞いている。その彼が、私と二人きりになると決まって映画を観に行こうと、妙な関西弁で誘うのだ。四回も断っているのに懲りない奴。女がみんな自分になびくと思ったら大間違いだ。

「からかわないでください。奥さんに告げ口しますよ」

「じゃあ、お茶だけで我慢するからさ。仕事終わりに付き合ってよ」

何を我慢すると言うのだ。

「今日は忙しいんです」

「いつもそう言って断るじゃないか。川上さんと一緒ならいいでしょ?」

「ダメです。本当に忙しいんですから」

ちょうどそこに川上真紀がやってきた。

「あ、川上さん。仕事が終わったらお茶行かない? 川村さんも一緒だから」

真紀は二つ返事でOKした。おまけに、「どうせ暇ですから、ケーキも付けてくださいね。ねえ、珠希先輩」などと言い出す始末だ。別に忙しくはないのだが、強引すぎる誘いには裏があると思えてならなかった。できれば行きたくないけれど、真紀はすっかりその気になっている。

脳天気な彼女と二人、向かいの薬局の陰で風をよけながら山田の車を待った。

「急におごってくれはるて、山田先輩、何かあったんでしょうかねぇ。まあ、理由はどうでもエエか」

真紀は体育会系のノリで、年上の相手には必ず名字の後ろに「先輩」と付ける。職場でそう呼ばれることに違和感を覚えるのは私だけだろうか。

「あ、そう言うたら今朝、山田先輩が、もうすぐ結婚三周年言うてはったから、もしかしてプレゼントの相談とかですかね」

ああ、そういうことか。でも、最初は私を映画に誘ったよね。

ピカピカに磨き上げられた黒のセダンが、道路脇の枯れ葉を吹き飛ばして止まり、助手席の窓が静かに開いた。運転席から「お待たせ」と爽やかに笑う山田をスルーして、後部座席に乗り込む。清潔な車内は、嫌味のないマリンノートの香りがした。

広い駐車場がある郊外のカフェに入った。店内はカントリー調のインテリアで統一されている。慣れた様子で奥の席に座ったところを見ると、初めてではないらしい。いつもは誰と来ているのだろう。私には関係ないけれど……。

隣のテーブルには、三十歳前後のサラリーマンふうの男性が五人いて、テンション高めに喋っていた。この店には不似合いなスーツ姿で、かなり浮いている。

「こっちの仕事ぶり、めっちゃチェックするやん」

「そうやねん。いちいち言うてくるな」

「チェックするヤツのチェックは誰がするんや、ちゅう話や」

どこの職場も不満材料はてんこ盛りらしい。山田は何を話題にするのだろう。

サラリーマンの陰口に触発されて、口火を切ったのは真紀だった。矢継ぎ早に職場の不満をぶちまけるので、山田と私は苦笑しながら、もっぱら聞き役に徹した。やがて彼女はスッキリした表情になり、「あ、もう六時半や。約束があるから失礼します。ご馳走様でしたぁ」と席を立った。今日は暇だと言っていたのに……。あっけにとられていたら、山田が、今からドライブしようと言い出した。

「いえ、帰って家族の食事を作らないといけないので」

「あ、そうなんだ。忙しいのに誘って悪かったね」

お礼を言って近くのバス停を探そうと歩き出したら、山田が車で家まで送ると言った。やんわりと断ったら、「遠慮しないで。強引に誘ったのは僕だから」と、助手席のドアを開けた。一瞬ためらった。

「さあ、早く」

変に気を遣うのもよくないか……。おずおずと妻の指定席に座った私は、しばらくの間、膝に置いた自分の指先を見ていた。ハンドルを握る山田のすらりとした指を盗み見て、薬指のリングを確かめる。隣の小指に目を移し、自分の小指は人より短いのだと改めて思う。渋滞に苛《いら》ついているのか、山田は黙って前を向いたままだ。町外れの住宅街に入って、「この辺りで止めてください」と言った時、やっと彼が私の方を見た。

「今日は付き合ってくれてありがとう。じゃ、明日。お疲れ」

「こちらこそ、ご馳走様でした」

笑顔で車を出した山田を目で追っていたら、初冬の冷たい風が頬をかすめた。

春。恒例の事務部歓迎会が催された。受付で座席クジを引き、中ほどの丸テーブルにつくと、しばらくして同期の若林が隣に座った。無口な若林とは仕事以外で話したことがない。真紀は彼が一番のお気に入りで、彼女に言わせると、童顔のくせに筋肉質な身体つきがたまらないらしい。実際に見たわけでもないのにと思うが、いくら話のネタに困っても、そんな話をするわけにはいかない。

黙って座っていたら開宴時間になった。直前に到着して所定の席に座った事務長は、冒頭の挨拶を簡単に済ませ、乾杯のしばらく後にそそくさと退席した。真紀は離れた席でビール片手に笑顔を振りまいていたが、若林が席を立ったのを確認すると、ここぞとばかりに後を追った。彼女の積極性にはいつも感心させられる。

ちょうどその時、奥のテーブルに座っている山田と目が合った。するとそれが合図とでもいうように、大ジョッキを手にした山田が私の隣にやって来た。彼は周囲の話にしばらく耳を傾けていたが、途中で会話に割って入ると、さりげなく自分を話の中心に持っていった。やがて話題が事務長に移ったタイミングで、私に小声で話しかけた。

「川村さん、珠希っていうんだよね。エエ名前やなあ～」

山田は少し酔っていた。真紀が以前、関東出身の山田が時々、不思議な関西弁を使うと言っていた。地方出身の私は笑えなかったけれど、こういうことなのだ。延々と続くムダ話を上の空で聞いていると、突然、にやけた顔で耳打ちしてきた。

「最近、少し腹が出てきたから、スイミングにでも行こうかと思ってるんだけど、川村さん、一緒に行かない？」

「それって、私にもダイエットしろってことですか？　かなり傷つくんですけど…」

「そうじゃないよ。ひとりだと三日坊主になるから、単純に、誰かと一緒なら続くと思ってさ」

「本当にそうですか？　まあ、考えておきます」

「興味ナシか。がっかりだなあ」

あんたに言われなくても、最近少し体型がヤバいって自覚してますよ！　でもね、何で私が既婚者とスイミングに行かなきゃならないんだ。まったく。この前の映画と言いスイミングと言い、どうして私を誘うんだろう。きっと別の誰かに断られたんだ。この前のこともあるし、うぬぼれは禁物だ。

　私たちの会話を向かいの席で聞いていた響子さんが、ヌルッと話に加わった。

「珠希ちゃん、妻帯者には気をつけなさいよ。特に山田君はね」

「ひどいなぁ、加藤さん。僕は無害だよ」

「よく言うわ。まあ、誘われるうちが華かもしれないけど、山田君はダメ」

「そんなこと言われたら気軽に話せなくなるでしょ。やれやれ…」

　山田は苦笑しながら席を立った。優しい男はいくらでもいるが、大概は下心が透けて見える。冷めた目で山田を追う響子さんにも、昔は浮いた噂があったようだが、いろいろあって三十代半ばの今も独身を通しているのだと、いつだったか真紀が教えてくれた。真紀は響子さんと距離を置いているけれど、美人で頭が切れて、患者様にも優しい彼女は憧れの存在だ。私が男なら放っておかないけれど、洟《はな》も引っかけてはもらえないだろうな。

　山田の妻が妊娠したと真紀が教えてくれた。小さな命に向き合って、穏やかに幸せを噛みしめている彼の妻を想像して心がざわついた。嫉妬？　まさか……。山田のことなど何とも思ってないのに、なぜ、こんなにイラつくのだろう……。

　その日は月に一度の院内会議があって、事務部からは山田と私が参加した。一時間程度の会議だが、何度出ても形式的なものに思えた。

「やっと終わった。もう少し有意義な時間にできないかな」

山田はそう言ってチラと腕時計を見ると、少し考えてから、「夕食、食べに行かない？」と言った。山田に対する不安定な気持ちを見透かされたようで、一瞬、彼から視線を外した。

「あ、そうか。川村さんは夕飯の支度があるんだったね」

「えっ？」

「いつだったか、川上さんと三人でお茶した後、そう言ってただろ」

「あ、そうでしたね。ええ、そうです…」

「ははぁ。一人暮らしって聞いてたから、おかしいと思ったんだよ。僕のこと、よっぽど警戒してるんだな。まあいいや。今日は付き合ってもらうよ」

「でも、山田さん。奥様の手料理が待ってるでしょ？」

「あいつは二週間ほど実家に帰ってるんだ。気楽だけど、一人で食べるコンビニ弁当は侘《わび》しいよ。だからさ、今日だけ付き合ってよ。僕がおごるから」

しばらく車を走らせて、隠れ家的な雰囲気のフレンチレストランに入った。

「シェフのおすすめコースを二つ」

山田は注文した後で、「よかったかな？」と私に聞いた。入り口に立てかけられたボードで値段をチェックしていたので、かなり贅沢な夕食になる。

「ホントにご馳走になってもいいんですか？」

そう言って頭を下げたが、どんな見返りを求めているのか勘ぐってしまう。

会話はそこそこ弾んだが、デザートの頃になると、どちらからともなく沈黙した。膨れあがった欲望を満たしたい男と、予測可能な成り行きに迷う女……品のない妄想が脳を占拠する。「そろそろ出ようか」と席を立った山田の背中を見ながら、角が立たない断り方を探す。店を出た少し先にネオンばかりが目立つ建物が見えた時、ドキドキが最高潮に達した。ところが山田は、まっすぐ車を走らせて、以前に私を送ってくれた場所で車を止めた。

「楽しかったよ。また誘ってもいいかな」

「こちらこそです。ご馳走様でした」

結局、食事だけだった。勝手にあれこれ妄想して滑稽だな……。でも、これでよかったんだ。笑いながらアパートのドアをそっと閉めた。

「来月の頭、広島出張が入ったよ。川村さんも一緒だからね」

「えっ？　広島ですか？」

「大事な会議だから、うちから二人参加しろってさ。川村さんはできる子代表。僕は暇そうにしてるから、もっと頑張れってことだな」

早朝の新幹線で、山田と共に広島へ向かった。途中、岡山に停車した時、懐かしくて泣きそうになったので、今年の暮れは絶対に帰省しようと思った。

十時の会議には余裕で間に合い、十六時を回った頃に解放された。無理をすれば日帰りできるけれど、翌日が休みなので、研修会場隣のホテルを昨日のうちに予約しておいた。夕食はお好み焼きと決めていた。山田も偶然に全く同じことを考えたらしく、ホテルも同じ所を選んでいた。まるで申し合わせて旅行しているようで、人に見られたらまずいと思ったが仕方ない。

駅から研修会場に向かう途中で気になる店があったから、そこで食べようと山田が言った。私も同じ所に行くつもりだったので同意した。狭くて混み合った店内は広島弁が飛び交っていた。どことなく岡山弁と似ているので、つい嬉しくなる。カウンターの一番奥に座って、お好み焼きと生ビールを注文した。タイガースファンの山田はカープの本拠地に乗り込んで、厨房で忙しなく動く店員相手に、野球の話で盛り上がっている。初対面の人ともすぐに仲良くなれてしまう性格は羨ましい。隣の席の空いた皿を片付けていた店員が、突然、背後から話しかけた。

「お二人は？」

山田がすかさず答えた。

「どう見えます？　僕ら婚約中なんですよ」

「あぁ、そうだと思った。お二人、いい感じですもん」

よりにもよって婚約中なんて……でもまぁ、いい感じですか……。

明日の朝はゆっくり起きて、適当な時間にチェックアウトすればいいと思っていたら、つい飲みすぎた。ホテルに帰ろうと席を立ったら少しふらついたので、山田が部屋まで送ってくれた。

その後は……。

少し温めのシャワーを使いながら、さっきまでの出来事を反すうする。山田は私をベッドに横たえて、ためらいなくキスをした。私は目を閉じて抵抗なく全てを受け入れた。あの時思ったのは、妻との時も同じ手順を踏んでいるのかということ。私の全身を撫でているのは、英輔が知らない男の手だということ。英輔とは何もかもが違っていて違和感があったけれど、久しぶりの他人の肌の心地よさに陶酔してしまったこと……。後悔や罪悪感よりも、山田が今も自分のベッドにいることの方が恥ずかしくて、バスルームに立てこもりたい気分だった。

「なかなか出てこないから、気分でも悪いのかと思って心配したよ」

「そうじゃないよ。大丈夫」

否定しながらベッドに潜りこみ、サラッとした肌の感触を確かめる。すぐにしっとりした質感に変わる。

「廊下ですれ違う時、いつも後ろから抱きしめたいと思ってたんだよ」

「嘘ばっかり…」

「ホントだよ。あぁ、ずっとこうしていられたらなぁ……。あのさ、前に君が白い食器を買ったって、川上さんと話してたことがあっただろ？　それ聞いてたら、君の手料理をその食器で食べてみたいって思ったよ」

「ふふん……。そんなの無理でしょ」

否定しない山田の喉仏《のどぼとけ》を見つめながら、英輔を忘れていることに安堵した。

一度緩めたストッパーは元に戻せない。不毛と知っているのに、理性では抗えない感情が日に日に膨れ上がっていく。

五回目の夜だった。

「里帰り出産の準備とかで、あいつ、一昨日《おととい》からこっちに帰ってるんだ。産後ひと月は実家にいるってさ」

山田は笑顔でそう言うと、妻に偽りの電話を入れた。

「高校時代の同級生にバッタリ会ってさ。今日は遅くなるから夕食いらないよ。連絡が遅くなってごめん。じゃあ」

罪悪感など欠片《かけら》もない様子に、こっちの方が妻に対して申し訳ないと思う。


朝の事務室は、山田が父親になったという話題で持ちきりだった。

「おめでとう。女の子だって？」

「ついにパパになったか。責任重いぞ！」

祝福の輪に溶け込んで、笑顔のまま仕事に戻った。ところがすぐ、吐き気に襲われてトイレに逃げ込んだ。山田には愛する妻と子どもがいる。私は欲望を満たすだけの存在だ。妻子には絶対に勝てない……。鏡の中の醜い顔を睨みつけながら、湧き上がる負の感情をなだめて押し戻す。山田との回数を重ねるたびに、「私たちは、お互いが暇つぶしの相手に過ぎないのだ」と言い聞かせた。

ひと月後、山田の「にわか独身生活」は終わり、新たな命を迎えた三人家族の日常が始まった。子どもを抱いた笑顔の妻が、一目散に帰宅した山田を玄関先で迎える……。リアルな妄想で、胸の奥がレモンを搾ったようにギュッとなった。山田が子どもの話をする時は、傍目も気にせずデレデレになっている。なんだかんだ言っても、我が子はかわいいらしい。家族と過ごす幸せを噛みしめることに忙しくなった彼は、私を見なくなった。人は表立って煙たがられるより、無視される方が辛いと言うが、その通りだと思う。別れ話をしてはいないが、きっとこのまま、うやむやに終わるのだろう。

ある日の仕事終わり、響子さんに誘われて駅ビルの居酒屋に行った。彼女と二人きりで飲むのは初めてで、山田との関係を気付かれたかと気が気ではなかった。

「急にごめんね。予定とかなかった?」

「全然です。お誘いありがとうございます」

しばらくは職場のあれこれを小声で話していたが、二杯目のジョッキがテーブルに置かれると、響子さんの顔が曇った。

「独り言を言ってもいいかな。聞き流してくれればいいの。ただ、ちょっと誰かに話したくて」

「はい。私でよかったら」

耳の痛い話ではなさそうだ。

「……私、山口出身なの。地元の短大の医療秘書コースを出て、ここに就職したんだけど……幼馴染っていうか、好きな人がいてね。でも、彼には付き合ってる子がいたから、私はただの友達。彼は、その子を追っかけて大阪に就職した。私は彼の後を追ってこっちに出てきたの。振り向いてくれなくても近くにいたかった。同じ場所の空気が吸いたい、同じ空を見たいってね。ある時、偶然、街で彼と会って、彼女と別れたって聞いたのよ。本当は彼の不幸を喜んじゃダメなんだろうけど、かなり嬉しかった。その後、付き合うようになって……。私といるのは寂しさを埋めるためだってわかってても、隣にいられるならいい、次点でも構わないと思った。だけど、彼の方は気まずかったんだろうな。結局、別れようって言われちゃった。で、その時、冗談半分で約束したの。『十年後にお互い独身だったら、やり直そう』って。二年して、アイツ結婚したよって彼の友達から聞いた。ショックだったな。やっぱり私じゃなかったんだなって、二度振られた気がした。心の支えっていうか、大事な人だったし。それに、本人から結婚したって直接聞きたかったしね。なんか、本当に悔しかった。それから必死で前を向こうとして……。これでも私、婚約したことがあるのよ。相手は幼馴染の彼じゃなかったけど、結局、私がダメにしちゃった。忘れられなくてね……。ダメでしょ。そんななのに、別の人とうまくいくわけないじゃない。彼を忘れるために結婚するなんて、相手に失礼でしょ。情けないでしょ。だから正直に話したの。怒鳴られるかと思ったら、『やっぱりね』って言われた。私の中に別の人がいるのがわかってたって。こんなにいい人を欺かなくてよかったって、心から思った……。誰かを好きになるって、理性じゃどうにもならないでしょ。どうしても嫌いになれなくてね。で、三年前、幼馴染の彼から急に電話もらったの。でもね、黙ったまま何も言わないから心配で、結局、会って話して、また付き合い始めて……こういうの、腐れ縁って言うんだよね」

「奥さんがいるんでしたよね。それっていわゆる…」

「そう……だった」

「過去形ってことは、お相手が離婚したんですか？」

「ううん、その逆。私たちが別れたの」

「ああ……。でも、どうして？　奥さんにバレたんですか？」

「そうじゃない。彼への思いが強すぎて、割り切れなかったから。絶対にいけないことだってわかってるから、自分を騙して割り切ったふりをしてたの。戻れない場所に落ちていく快感というか、背徳感というか、そういうのがあったのも事実よ」

「……」

やはり響子さんは、山田と私の関係を知っているんだ。

「でも、やっぱり気持ちはごまかせなかった。結局、私だけのものにしたかったんだな。このまだと、彼を不幸にする気がしてね……。いるでしょ。絶対に不幸になってほしくない人。どんなに自分が苦しくても、身を引きたいと思う人が…」

聞いていて泣きたくなった。私が不幸にできなかった人は……英輔ただ一人だ。

「……そうですね。私にも昔、そういう人がいました…」

「今、その人とは？」

「別れてから一度も会ってません。彼は関東出身で、二つ上の先輩でした。学生の時から付き合ってたんですけど、彼が実家の近くに就職が決まったら、結婚を口にし始めたんです」

「何がネックだったの？」

「私、一人っ子なんですよ。両親は岡山に住んでて、将来、親の面倒は私が見るって決めてました。もちろん親から言われてはいませんけど。だから、結婚して向こうに行ったら親を見捨てるような気がして、すぐに返事ができなかったんです。私にとって関東は遠すぎました。それでも三年待ってくれて……。でも、三年も引っ張ったのに決心がつかなくて……。彼は、私を苦しめてるみたいで辛いと言いました。私も、彼を不幸にするようで……。お互い辛かったんでしょうね。だから別れたんです。でもやっぱり苦しくて……。自分で決めたのに笑えますよね」

「よりを戻したいとは思わなかった？」

「何度も思いましたよ。でも、こっちが三年も引っ張った挙句《あげく》に別れたんですから、それこそ、わがままが過ぎるでしょう」

「彼は何も言ってこなかったの？」

「ええ、何も……。今でも時々、思い出すんです。割り切ってたつもりが……。きっと、ずっと待っててほしかったんです。どうしても私じゃなきゃダメだって、言ってほしかったんでしょうね。三年も待たせておいて……ずるいですね」

「うーん。割り切れないっていう気持ちはよくわかる。ただね、私が偉そうに言える立場じゃないけど、でも、彼とご両親の狭間で悩んで、三年経っても結論が出せないっていうのは……無責任な言い方だけど、きっと、その人じゃなかったんだと思う。どうしても彼と別れたくないなら、迷いはなかったはずでしょ」

　たしかに……。絶対にこの人しかいないと思うなら、全てを犠牲にしてでも彼を選んだはずだ。

「過去を無理に忘れる必要はないと思う。でも、前を向いて幸せになってほしいな」

「そうですね……。ありがとうございます。お話ができてよかった。私、自分の選択が間違ってなかったって、誰かに言ってほしかったのかもしれません。だからスッキリしました」

「私も。心って不思議だね。自分のことなのに一番わかってないんだから」

　別れ際に見せた彼女の潔い表情から、この先の変わらぬ思いが読み取れた。幸せの感じ方は各々異なる。幼馴染の彼への想いを一生貫くことが、響子さんの幸せというならそれもいい。むしろ、そこまで人を愛せる彼女が羨ましいくらいだ。でも、響子さんが私に望むように、私も響子さんには幸せになってほしい。ほかでもない、大好きな響子さんだから、そう思う。


　響子さんの話を聞いて、山田との関係を振り返った。

　最初は割り切って付き合うつもりだった。どうせ長くは続かないから、今の気持ちに素直でいたかった。けれども罪悪感はあって、山田に会う前はいつも、みぞおちの辺りが重かった。

　束縛したい気持ちが強くなったのはいつからだろう。負の感情を抱くのが恋愛の醍醐味で、相手に少しも嫉妬しないなんて恋愛じゃない。運命の人に出逢うタイミングが少しずれただけだ。純粋に愛し合っていれば、結婚という縛りに意味などないと、エゴの塊になり下がったのは……。芸能人が不倫で叩かれるニュースを見て、「たった一人の女さえ幸せにできない男が、ほかの女を幸せにできるわけない」と言い放つ母や、「障害があるから燃えるんだ」と言う人の声を聞くと、本当の恋愛をしたこともないくせにと、心の底で悪態をつく。山田が妻の悪口を言うたびに、「そんなこと言っちゃダメだよ」と、まるで妻をかばうような態度を取る。きっと、自分が妻より優位だと勘違いしているのだ。それでもやはり、彼の背後にはいつも妻の影があって、最後は、自分は汚い女だという苦い思いに落ちるのだ。

山田に、妻子と自分のどちらを選ぶかと問えば、当然、妻子と答えるだろう。山田の家庭を壊すつもりもない。ならばなぜ、山田が電話で妻に嘘をつく場面を思い出すたび、胸に細かい金属片が刺さるのだろう。単なる独占欲？　嫉妬心？　それとも……。今が満ち足りていると、胸を張って言える覚悟もなくて、ただ感情に流されているだけだ。私の望みは？　目指す場所は？　あの夜、私が響子さんに語ったことが本心ならば、今の私は英輔への未練を断ち切るために、英輔の不在を埋めるために、山田の温もりを求めているだけではないのか？

山田に呼び出されて地下の駐車場に行った。気持ちの整理はついていないが、久々の誘いに気分は上がっていた。

彼の車に乗り込もうとした時、腕を組んだ若いカップルとすれ違い、咄嗟に顔を隠した。嫌な癖がついてしまった自分にがっかりする。

山田は部屋に入るなりネクタイを外して、だらしなくベッドに転がった。

「子どもが夜中に何度も泣いてミルク飲むんだ。このところ、ずっと睡眠不足だよ」

私の前で家族の話をするデリカシーのない男。愚痴を言うために呼び出すのはやめてほしい。

「仕方ないじゃない。奥さんは、もっともっと疲れてるよ」

気分が乗らない私はあえて、小さなソファーに腰掛けた。

「どうしたの。そんなとこ座ってないで……なぁ、早くこっちに来いよ」

「今日は話がしたい気分」

「何？　深刻なこと？」

「どうかな……。あのね、私のどこが気に入って付き合ってるの？」

「なんだ、そんなことか。うーん、どこって……そうだな。珠希と歩いてると、すれ違う男が最初に珠希を見て、その後、どんな男がくっついてるんだろうって感じでこっちを見るんだ。で、そいつの悔しそうな顔を見るのが快感なんだよなぁ」

「……他には？　性格とかで何かないの？」

「あぁ……そうだなぁ…」

特別な褒め言葉を期待してはいない。でも、この沈黙は私をただの飾り物と見ている証拠だ。外見はやがて衰える。その時、山田は私を用済みと言うだろう。

「深刻な顔してどうしたの。話なんて後でいいだろ。時間がないから早くしようよ」

何気なく漏らした言葉には真実が詰まっていた。笑顔を消した私を見た山田は、すぐに「しまった！」という顔をした。

「そうだね。話なんて時間の無駄だよね」

「今のは言葉のあやっていうか、勝手なこと言って悪かった。ごめん、謝るよ」

「そんなんじゃない。ずっと考えてたんだけど、やっぱりよくないよ。奥さんや子どもを裏切ってて平気？」

「それを言われるとな……でも、今さら…」

「うん。今さらでごめんなさい。でも、もう会わない方がいいと思う」

「言いたいことはわかったから、ちゃんと話そう」

「わかってないよ。いくら話しても結論は出ないでしょ」

「何だよ、それ。僕は別れたくない！　ちゃんとしたいと思うけど…」

「ちゃんとって、何を？」

「あいつとは別れられる。でも、子どもは手放したくない。だから、ちゃんとしたくてもできないんだ。珠希も子どもと同じだけ大事だから、別れたくない。勝手なのはわかってるけど…」

その言葉を丸ごと信じるならば、彼の気持ちは妻でなく子どもと私に向いている。それ自体は嬉しい。今までも山田は私の首筋に唇を当てながら、「愛してる。あいつと別れて珠希と暮らしたい」「もっと早く出会えたらよかった」と、甘い言葉をたくさん囁いてきた。私も彼の吐く一瞬の気持ちだけを切り取って信じようとした。ところが今、「愛人として、この先ずっと後ろめたさを抱えて生きてほしい」と望んだエゴ丸出しの男に、軽い怒りを覚えつつ冷静でいられるのはなぜだろう。本当に愛しているなら、大喜びで地獄の果てまでついて行きたいと思うのに、そんな気になれないのは……やはり私は山田を利用していただけなのか？　山田と同じ性質の哀れな人間だったのか？

しばらくして山田が口を開いた。

「仕方ないな……。珠希が決めたことなら、無理は言えない…」

下を向いたままの山田に、真心を見た気がした。

「駅まで送ってもらってもいい？」

山田は静かにうなずくと、「最後だね」と言って、私をきつく抱きしめた。

狭い車内の重い空気と沈黙に押し潰されそうになりながら、この決断は間違っていないと言い聞かせる。左頬を伝う涙を悟られまいと、ずっと左の窓を向いていた。やがて駅が見えてきた。近くの路地に入って車を止めた山田に、私は小声で「今までありがとう」とだけ言ってドアを閉めた。潮時だ。閉まる直前、山田が何かを言ったけれど聞き取れなかった。私は振り向かずに歩き出した。関係がバレる前に終わらせるのがお互いのためだ。私は冷酷でわがままな人間だから、決して後戻りなどしない。でも、この恋も生涯、私に付きまとう……。

翌朝は気分が落ちていた。いつもと違うことがしたくて、普段のバス出勤をやめて電車にした。駅のホームに立ち、向かいのホームをボンヤリ眺めていたら、ＯＬふうの女性が手鏡を睨《にら》んで、アイシャドーを塗っている姿が目に止まった。忙しい朝は、とりあえず家で土台を作っておいて、通勤中に仕上げるということらしい。「人前でお化粧するなんて、みっともない」と言っていた祖母の、しかめっ面を思い出す。

少し後ろめたい気分で事務室のドアを開けたら、真紀が興奮気味にやって来た。

「聞いてくださいよ。今朝ね、電車で隣にいたオヤジがね、私の顔をじーっと見るんですよ。それも何回も。嫌な感じで無視してたんですけど」

「何？　痴漢か何か？」

「そうじゃなくて、電車を降りる時に言ったんですよ。お姉ちゃん、口の周りに何か付いとるでって。はあ？　と思って口元を触ったら、パンくずがパラパラ落ちて……もう、顔から火が出るほど恥ずかしかったぁ」

ギリギリまで寝ている真紀なら、やりかねない失態だ。落ち込む朝に笑える話をありがとう。

そういえば、今朝は食事を抜いていた……。途端にお腹がクルルと鳴った。


いつもの恋物語の先を語ってくれた翌日、泰代さんは眠るように逝った。あの混乱と興奮が引き金だったなら私にも責任がある気がして、母にはそのことを言えなかった。でもきっと泰代さんは、あちらにいる健三さんに笑顔で迎えられたはずだ。それとも、昔の恋人と涙の再会を果たしただろうか。もっとも、彼が亡くなっていたらの話だが……。安らかな泰代さんの顔は、やっと訪れた心の平静を物語っているようだった。

泰代さんがいなくなると、仕事終わりを持て余した。友人とは帰宅時間が合わないし、会いたいと思う人はもういない。家に帰っても特にすることはないけれど、毎日、スーパーで買った惣菜の匂いを気にしながら、バスで帰宅の途についた。

バス停を降りてすぐの桜並木の歩道は緩い上り坂で、大阪にいた頃に住んでいたアパートも、ちょうどこんな感じだったのを思い出す。初めて山田とカフェに行った帰り、車でアパートの近くまで送ってもらったのは晩秋だった。山田はどうしているだろう。私は彼を愛していたのだろうか……。スマホを取り出して考える。

別れた後の山田は、しばらく寂しさを装っていたけれど実は、修羅場を迎えずに済んで心から安堵していたのではないだろうか。あの手の男は、きっと不倫を繰り返す。別れて当分は辛かったが、罪悪感は確実に消えた。今という瞬間はすぐ過去になる。英輔とのことも何もかも、全ては過去だ。別れなんて大したことじゃないんだと、いつかきっとそう思える日が来る。響子さんが言ったように、自分を大切にしよう。そんなふうに心を片づけて、再びスマホをバッグの奥に隠す。

泰代さんの四十九日法要を終え、母と私は元の家に戻った。パートを再開した母は、仕事の後で実家に立ち寄り、泰代さんの遺品整理をしていたようだ。

ある日、私が夕飯の支度をしている最中に、母が「はい、これ」とポチ袋を差し出した。表には「珠希様」と書かれている。

「何？　これ」

「さあ。おばあちゃんが施設で使っとった引き出しに入っとったんで。昨日、引き上げた時のモノを整理しょうたら、これがあったんよ。かわいい孫にお小遣いでもあげようと思ったんかな」

「ふーん。何じゃろうな。今、手が離せんけえ、その辺に置いといてえ。後で見てみるわ」

自室で袋を開けたら、中に手紙が入っていた。早速読んでみると……。

『

珠希様

珠ちゃん。今まで、いろいろありがとう。珠ちゃんは私にとって何にも勝る宝物。一緒に過ごせて、とてもとても幸せでした。言葉に尽くせないほど感謝しています。

さて、お世話になった上に迷惑をかけるのは心苦しいのですが、私の願いを託せる人は珠ちゃんしかいません。どうぞ、おばあちゃんの最後の頼みを聞いてください。

一階の洋室の押し入れに文箱《ふばこ》があります。（中の物は全部珠ちゃんに預けますが、宝物ではないので期待しないでください）

その中に、お母さん宛ての手紙がありますから、誰の目にも触れないように処分してください。

それともう一つ。鈴江裕次さんから届いた手紙に、鈴江さんの電話番号が書いてあります。できれば早いうちに、私の今の様子を鈴江さんに知らせてください。
どうぞどうぞ、よろしくお願いします。

追伸　このことは誰にも内緒ですよ。

泰代

』

体調の良い時に書いたのだろうけれど、ポチ袋に入れるところがお茶目な泰代さんらしい。袋の中身を知りたそうにしていた母には、「期待させてくれたけど、紙切れしかなかったよ。お小遣い入れ忘れたんじゃろうか」と言っておいた。それにしても、鈴江裕次さんって誰？

次の休みに泰代さんの家へ行った。ごく普通の一軒家だが、主を亡くしてからはずいぶん広く感じる。私が子供の頃から慣れ親しみ、短期間でも女三代が暮らしたこの家には思い入れも深い。

もともと、健三さんと泰代さんの寝室は二階にあったが、健三さんが亡くなってからは、階段を使わなくても済むようにと、泰代さんの部屋を一階の洋室に移した。そこは結構広くて、昔からピアノが置かれていた。誰も弾く様子がないので不思議に思った私は、誰のピアノかと泰代さんに尋ねたことがあった。すると、母が小学生の頃、近所のピアノ教室へ通わせていたが、ほとんど練習をしないで数年でやめたと言った。それきりピアノは埃《ほこり》をかぶっていたのだ。嫌と言えなくて、渋々教室へ通っていた幼い日の母の姿が目に浮かぶ。母が私に意見を押し付けないのは、そういったことの反動かもしれない。

ピアノが置かれた奥の収納スペースが、泰代さんの手紙に書かれていた押し入れだ。上下二段に分かれていて、子供の頃に従妹とかくれんぼをすると、決まって私は下段の奥に丸まって隠れた。懐かしく思いながら扉をそっと開けると、上段には本やソーイングボックスが整然と置かれていた。入所前の泰代さんは混乱を極めていたが、元々、几帳面な人なので、隅々まで整頓されて塵一つない。お陰で漆塗りの文箱も簡単に見つけられた。

早速、蓋を開けてみると、ポチ袋のメモに記されていた通り、リボンで束ねられた手紙が数通、ほかには小さなアルバムと年賀状が入っていた。

ポチ袋のメモには、文箱の中身を私に預けると書かれていたから、つまり、これらは全て私の物ということで、中を確認しても文句はないだろう……。そう言い訳して、手紙にかけられたリボンを丁寧に解いた。どれもここ数年内に届いたもので、鈴江さんからの手紙が三通。あとは、泰代さんの話によく出てきた古い友人からの年賀状。そして母宛ての短い手紙。これは処分しろと書かれていたので、母に読ませてはいけないけれど、口外無用ということは私が読んでもいいのだと、勝手に解釈した。

母への手紙は謝罪から始まっていた。母が昔、病気で入院していた時、田辺と名乗る男性から電話をもらったが、二人の将来を思って黙っていたそうだ。そのことに罪悪感を持ち続けていたのか、謝罪の言葉が並んでいた。田辺さんと母との関係は書かれていないけれど、きっと当時の恋人だと思う。母は父と結婚して幸せなはずだから、今さらこのことを知っても困るだろう。これは泰代さんの望み通り処分しよう。

それより、問題は鈴江さんの件だ。これは重い。でも、私がやるしかないのだ。まずは消印の古い順に読んでいこう。

どうやら泰代さんと鈴江さんは恋人同士だったようで、一番古い手紙には、二人が別れた経緯や駆け落ちのことが記されていた。

駆け落ちを約束した日の午後、京都に住む伯父夫妻が急死したので、すぐさま家族で京都へ向かった。そのため、泰代さんに駆け落ち延期を伝えられなかった。伯父さんが営んでいた和菓子屋を父母が継ぐことになり、岡山の家を片付けに行ったが、泰代さんは既に引っ越していたので会えなかった。実家にいるはずの泰代さんに何度も手紙を書いたが、一度も返事がもらえないので嫌われたと思った。教師になりたいという泰代さんの夢を叶えるためには、自分が諦めるしかないと思い、最後の手紙に、自分には許嫁がいたと嘘を書いた。その後は親に言われるまま結婚し、今も京都に住んでいて、昨年、妻を亡くした、と書かれていた。

驚いた。あの品行方正を絵に描いたような泰代さんが駆け落ちを企てたとは、なんともセンセーショナルではないか。優しかった泰代おばあちゃんが、ここにきて急に生身の女性になった。駆け落ち未遂が二十代前半の話なら、この手紙の消印からして、泰代さんは六十年以上経って真実を知らされたわけだ。今ならスマホで簡単に解決するのに、当時だからこその悲しい行き違いがあって、心の傷が癒えぬまま長い時を過ごしたのだ。この手紙の主が病室で語っていた恋人で、あの日錯乱と涙に終わった理由も納得できた。でも、追伸に携帯番号が書かれているから、泰代さんは電話したに違いない。そして誤解も解けて……私は自分のことのように安心した。

二通目を読むと、思った通り二人は連絡を取り合ったようで、泰代さんは会いたい気持ちを手紙に綴り、電話でも話したことだろう。それに対して鈴江さんは、足が不自由で岡山に出向くことができないと返信している。二人は手紙や電話のやり取りで我慢していたようだ。

三通目には、鈴江さんが岡山に引っ越したとある。泰代さんに会いたい気持ちが、彼にそう決心させたのだろう。住所は泰代さんが通っていた学校のすぐ近くだった。そこはずっと空き家だったが、車椅子でも生活できるように、息子がリフォームの段取りをしてくれた。快適になったので、泰代さんが訪ねてくれるのを待っている、という内容だった。

泰代さんが元気ならすぐにでも訪ねただろうが、手紙の消印は施設に入所するひと月前だ。あの頃の泰代さんはかなり厳しい状態だったから、一人で会いに行ったとは考えにくい。そういえば、徘徊が始まった泰代さんが、バス停の椅子に何時間も座っていたことがあった。あれはきっと、鈴江さんに会いに行こうとしていたのだ。あるいは娘時代に戻って、駆け落ちするつもりだったのかもしれない。

一通り読み終えてからアルバムを手に取る。所々色褪せてゴツゴツした黒っぽい表紙をめくったら、裏には男性のモノクロ写真が貼られていた。学生服姿で軽くポーズをとっているシュッとしたこの人は、どう見ても健三さんではない。これが鈴江裕次さん……。胸が高鳴った。あぁ。

あの時、この事実と写真の存在を知っていたなら、同じ年頃の友人として、もっとちゃんと話を聞いてあげられたのに……。思わず、「泰代さん、もっと聞かせてほしかったよ」と呟いた。

興奮冷めやらぬ中、泰代さんの頼み事について考えた。鈴江さんは、今も泰代さんの訪問を待っているに違いないから、すぐにでも泰代さんの死を知らせるべきだろう。意を決して電話をしたが、何度かけてもつながらなかった。直接会って話すことも考えたが、哀しい知らせを伝えるためだけに、知らない町に住む知らないおじいさんを訪ねるのは時間と勇気が必要だ。もしかして施設に入ったか入院したか、または亡くなっているかもしれない。勝手にそう結論付けて先延ばしにした。

父の死がきっかけで岡山に帰り、やがて泰代さんも亡くなった。最初は寂しく思えた母との二人暮らしも、次第に当たり前になっていった。喪失に慣れるのは哀しくもありがたいことだ。

そんな頃、友人の晴香に誘われて、駅裏にある焼き鳥の店に行った。何を頼んでも全部美味しいと聞いていたから、一度は行きたいと思っていた。入り口に掛けられた「蒼《そう》」という木製看板がいい味を出していて、期待が高まる。中にはカウンターと五つのテーブル席があった。

「いらっしゃい！」

威勢のいい声の先には、幼馴染の蒼汰君がいた。

「ああ、どこの別嬪《べっぴん》さんが来たんかと思うたら、珠ちゃんじゃが。久しぶりじゃな」

「もう。何言ようるんよ。けど、ホント久しぶりじゃな。何年ぶりかなぁ」

「私らの学年はクラス会せんもんなぁ」

「たぶん高校以来じゃで。晴香は店にちょくちょく来てくれるけどな。そうそう、お父さんと泰代先生、残念じゃったな」

「うん、ありがとう。蒼汰君とこは皆さん、お変わりなく？」

「お陰様で一応、生きとるよ」

懐かしい顔がそろって、昔話に花が咲いた。

「蒼汰君は昔、珠希のことが好きじゃったんよ。な」

「おいおい、晴香。恥ずかしいこと言うなや」

「ええー、そうじゃたん？　言うてくれたらよかったのに」

「言えば何とかなったんか？」

「うーん、それはどうじゃろうなぁ」

笑い話の途中、中学の部活帰りに交わした晴香との会話を思い出した。

「向日葵と太陽の神話、知っとる？　向日葵は太陽に恋しとって、大好きな太陽を一日中目で追うんじゃと。だから、花がいつも太陽の方角を向いとるんじゃて」

「若い向日葵が太陽の方を向くのは聞いたことがあるな。でも、そう考えたら一途で健気な花じゃなぁ」

「そうじゃろ。私は向日葵が大好きじゃ」

「ふーん。それなら晴香も向日葵じゃ。野球部の太陽をいつも見とるもんな」

「はあ？　もう、何言うんよ！」

晴香は真っ赤になって私の背中をドンと叩いた。あの時、彼女の太陽は蒼汰君だったから、恋敵は私だったのか？　でも、高校時代の晴香には別に彼氏がいたから、蒼汰君が太陽だったのは中学までの話だ。晴香も特に気にしている様子はなかった。

蒼汰君は一昨年結婚して、一歳になる双子の男の子がいると言った。晴香は婚約中。私は子持ち男と別れたばかりのシングルだ。

「珠希が気に入るような人、誰かおらんかな？」

晴香が冗談めかして蒼汰君に尋ねたが、彼はヘラヘラと笑うだけだった。


晴香に誘われて二度目に「蒼」を訪ねた時、ある男性の話になった。

「詳しいことは知らんけど、京大卒のサラリーマン。容姿端麗は言い過ぎじゃけど、珠希は気に入ると思うよ。私がフリーじゃったら放っておかんわ」

晴香は調理場の蒼汰君を見ながら続けた。

「その人、今は山口におるけど出身は岡山なんよ。本社が岡山じゃから、将来的にはこっちに帰るみたい。それなら珠希のお母さんも安心じゃろ」

父が亡くなり、落ち込んでいた母が心配で帰郷したのは事実だ。でも、山田や英輔の思い出が多く残る大阪に住み続けるのが辛い、というのも理由の一つだった。母のために独身を通しているわけでもない。単純に、この人という相手がいないだけだ。以前は、父と泰代さんが亡くなった上に私まで家を出れば、母が寂しいだろうと思っていたが、最近の母は一人の時間を満喫しているし、「私が元気なうちに片付いてくれんと、いつまでたっても親の役目が終わらんわ」と、しれっと言うようになった。もしも、私が結婚しないのを自分のせいと思っていて、それが母の負担になっているなら……。

三度目に「蒼」の暖簾をくぐった日、晴香から、「この前話したのがこの人」と、横山さんを紹介された。横山さんと付き合って半年が経った頃、彼を我が家に招待した。すると母はたいそう気に入った様子で、彼が帰った後、すぐにでも決めろというように私の脇腹を軽く小突いた。結婚を急ぐ気はないけれど、母の嬉しそうな顔を見るのは久しぶりだった。そうだな。愛だ恋だと言っていられるのは初めだけで、結婚なんて単なる儀式と駆け引きだから、結局は経済的な安定と、一緒にいてうっとうしくない人がベスト。経済的に安定しているし、そのうち岡山に帰って来れるし、何より母がこんなに喜んでいるのだから、母のためにも決めよう。

翌年に結婚した私は、仕事をやめて山口に引っ越した。

最初は横山の良い面だけを見ていた。私たちは根本的に違うと感じたが、育った環境が異なる者同士が暮らすのだから違って当然だ。そこは互いに歩み寄り、補い合えばいいと気楽に構えていた。でも、彼のことを知れば知るほど息苦しくなっていった。横山は私を所有物のように扱い、いつも上から目線で意見した。私が失敗すると馬鹿にして、実家の母までも悪く言った。おまけに挫折を知らないせいか、人の気持ちを汲み取れないことが多かった。自分ができることは私もできて当たり前。自分の趣味を私にも押し付けて、「なぜこんなに簡単なことができないんだ。君は中途半端でいい加減だ。それとも才能がないのか」と、イラついてクドクド文句を言うのだった。逆に私の方がうまいと、怒って口を利かなくなるような子供じみた面もあった。

私に非がないとは言わないが、全て悪いとも思えない。対等な関係を築けない相手に従う必要があるだろうか。仕事はどんなに大変でも責任を持ってやり遂げていたし、家事も普通にこなしているはずだ。でも、それを口にすれば反撃されるから、胸の中にとどめた。彼のわがままや傲慢を数え上げればきりがないが、どんなに腹が立っても悩んでいても、晴香や母には相談できない。「夫の要求に応えられない私は、彼が言うように馬鹿で出来損ないだ」と、自己否定した時期もあったが、やはり何かおかしい……。

生きる意味がわからなくなっていた頃、大阪の病院に勤める真紀から、響子さんの死を知らされた。真紀の話では、「詳しいことは知りませんけど、昔の不倫相手が無理心中を図ったらしいんです」。あの幼馴染だと思うと、無性に腹が立った。でももし、あの男が響子さんに「一緒に死んでくれ」と言ったなら、彼女は笑顔で頷いたのではなかろうか……。あぁ、何であんな奴が最愛なんだと哀しくなる。でも、覚悟をもって一つの愛を貫くことが彼女の生き方だったと思わなくては、やり切れない。それに引きかえ私は……人生を諦めたような日常と、それを許している自分……。私はここで何をしているんだ。息をしているが生きてはいない。これは私が求めている人生ではない。この先、私がいくら歩み寄っても彼とは補い合えない……。

子供はいないし、慰謝料で揉《も》めることもなかった。世間はコロナ禍真っ最中。母のことも心配だったので、離婚が成立するとすぐ岡山に帰った。

カラカラと良く笑う母だった。休日も仕事で留守がちな父に代わって、私をいろいろな場所へ連れて行ってくれた。何かを強いることはなく、進学や就職の時も、私の気持ちを尊重してくれた。母は父を信頼していて、二人は友達のような夫婦だったと思う。

母は若い頃に大きな病気をして、以来、何度も手術を経験している。そのせいか健康管理には余念がなくて、毎年、人間ドックを受けていた。「六十六歳までは元気でいたい」と言っていたが、なぜそこを目指したのかは不明だ。その日も雨の中、自身の運転でドックを受けに行った。帰り道、対向車線を走っていたバイクがスリップして転倒、後続の車がバイクを避けて中央線をまたいだ。目の前の出来事に慌てた母は、ハンドル操作を誤って道路脇の川に転落した。もともと、その場所にはガードレールが取り付けられていたが、前日の事故で一部が撤去され、注意喚起の黄色いテープのみが張られていた。

大切な人を突然の事故で失うと、その怒りや苦しみを誰かのせいにしたくなるものだ。ところがこの場合、運が悪いとしか言いようがないから、気持ちの持って行き場がなかった。仕事中は気が紛れるけれど、家に帰ると例えようのない喪失感に襲われた。死別を覚悟していた父や泰代さんの時とは違って、家の中には母の気配がそっくり残っているのだから、二度と会えない気がしないのだ。玄関先で物音がすると、トートバッグを肩に掛けた母が、「ただいま」と笑顔で居間に入ってくる気がするし、何気に姿を探していたりもする。これは夢ではないかと思うことさえある。母との思い出は笑顔のシーンばかりだ。生きることは、生別死別に関わらず、別れを体験し続けることだと痛感する。現実を受け入れるには時間がかかる。それでも残された者の多くは、この虚しさ、やり切れなさを乗り越える力を持っているのだろう。

岡山に住む雅美さんは、母の古い友人の一人だ。彼女から相談事の電話を受けたのは、初彼岸の少し前だった。雅美さんは母の話によく登場していたので、初対面でも昔から知っていたような感覚だった。

彼女は仏壇に手を合わせた後で、数年前に母と交わした約束について話し始めた。母が彼女より先に亡くなったら、ある人に手紙を届けることになっていたそうだ。その時は安易な気持ちで預かったが、本当にそうなってしまったので投函を迷っているらしい。手紙の相手は田辺泰裕さんという母の元恋人で、母と彼は二十代初めに別れたきりだそうだ。ところが母の方は、大切なことを伝えられないままなので死んでも死にきれないほどの後悔があった。手紙には、おそらくその後悔の原因が書かれているのだと言った。律儀な彼女はその約束を果たすために、田辺さんの生存確認と、手紙を手渡しするまでを手伝ってくれないかと言うのだった。母にしても泰代さんにしても、亡くなった後で人に頼み事をするとは……。

田辺という名前からして、泰代さんが死ぬまで気にしていた、あの電話の相手が彼だろう。つまり、泰代さんが苛まれていた罪の元が、そのまま母の後悔とつながっている……。当時の母と泰代さんのことを知りたいと思った。目の前にはそれを知る雅美さんがいる。私はすぐさま彼女に、一緒に彼を探しましょうと伝えた。

雅美さんはさっぱりした気性で表裏なく、突っ込んだ質問にも迷いなく答えてくれた。

話は四十年以上前の晩秋にさかのぼる。当時、大阪の大学に通っていた母は、結婚を考えるほど田辺さんが好きだった。このまま大阪に残って恋愛を成就させたい。納得いくまで付き合った結果なら、別れることになっても悔いはないと言っていたそうだ。ところが、卒業後は岡山で就職すると約束していた両親に猛反対された。いくら話してもわかってもらえないし、健三さんには脅されるしで、岡山に帰らなければ田辺さんに迷惑をかけると悩んでいたらしい。

なぜ母は彼を諦めたのだろう。死ぬまで後悔するくらいなら、どんなに脅されても、死ぬ気で健三さんたちを説得すればよかったのに……。本気で田辺さんを愛していなかったのだろうか。雅美さんは、「田辺さんへの想いが深かったから、彼の立場を守ろうとした気持ちはよくわかる。自分なら親に背いて大阪に残るけど、裕希の性格だと、両親との約束を破れなかったのかもしれない」と言った。それを聞いて、一人っ子の自分が英輔を選べなかったのと似ていると思った。

母は「愛する人を守るため」と言って、泣く泣く岡山に帰ったそうだ。別れた後も彼を想い続けて、友人として手紙のやり取りをしていたらしいが、大病に罹《かか》って死を覚悟すると、彼とのつながりを完全に絶った。幸い生還したが、取り返しのつかないことを手紙に書いて送ったため、二度と連絡が取れなくなったと嘆いていたそうだ。やがて彼が結婚したと知り、当分は荒れていたらしい。ところがその二年後、嬉しそうな顔で結婚の報告をしてくれた。めでたしめでたし……。でも後になって、帰郷した本当の理由を彼に明かさなかったことを、とても悔やんでいて、もう一度だけ会って話したいと言っていたそうだ。

複雑な表情の私に、彼女はこう念を押した。

「裕希にとって田辺さんは、ずっと特別な人じゃった。純粋にな。それだけは、わかってあげてほしいんよ」

私がもっと若ければ、母に嫌悪感を抱いただろう。でも、今なら母の気持ちを理解できる。時間薬というけれど、心の傷が深ければ深いほど後を引くものだ。ただ、その思いは、遠い記憶への懐かしみでしかない。

雅美さんには、時間がかかっても田辺さんを見つけたいけれど、母はもういないのだから、彼の消息が分かっても、手紙を渡すかどうかは状況を見てからにしましょうと伝えた。一つ気になったのは、後悔話の途中で一瞬、雅美さんが口ごもったことだ。彼女は何か大事なことを、私に隠している気がしてならなかった。

玄関先で雅美さんを見送ってから、仏壇の前に座ってボンヤリしていたら、いつの間にか暗くなっていた。図らずも母の過去を知ったことで、思った以上に心の深層が揺れたらしい。でも、何はともあれ気になっていた泰代さんの罪悪感と母の後悔がつながったので、その点はスッキリした。ただ、母は田辺さんが電話をくれたことを知らぬまま亡くなった。つまり、泰代さんの罪悪感は払拭されていない。ついでに言えば、健三さんが母を脅したことの方が私には罪に思えるのだが、泰代さんはそれを知っていたのだろうか。まあ、ここで私が悩んでも仕方ないか……。

空を見上げると月が出ていた。そういえば母は、よく夜空を見上げていた。濃紺の空に、爪の先を軽く押し付けたような薄っぺらな三日月が好きで、その近くに星が光っていればベストと言っていたが……。昔、父方の祖母が亡くなっているのを理解できなくて、「おばあちゃんはどこにいるの？」と母に尋ねたことがあった。すると母は、「あの月の隣で光っている星がおばあちゃんで、いつも珠希を見守ってくれているよ」と言った。母もこの空のどこかで光っているだろうか。

雅美さんの訪問をきっかけに、先延ばししていた母の遺品整理を始めた。過去を暴くつもりはないが、母が愛した人がどんな人物だったのか知りたいと思ったのはたしかだ。そのためには、日記やアルバムを見るのが手っ取り早いと思った。

母は就寝前に日記をつける習慣があった。三年間使えるタイプの物を、居間の本棚に無造作に置いていた。いつだったか母に、三年ごとに買い替えるより、十年日記の方がいいだろうと提案したら、「人間、いつ死ぬかわからない」と言った。今や三年日記は十冊近くたまっているのだから、十年日記なら三冊で済んだのだ。皮肉に思いながら最新の三年日記を手に取り、亡くなった日の前夜に何が書かれていたのか読んでみた。栞が挟まれたページには、「明日、人間ドックへ行く」とだけあった。ほかをめくっても、その日の出来事が簡単に記されているだけで、日記というより覚書だったようだ。私が求めているのは四十年前の事実だから、これでは何もわからない。

次に目を付けたのはクローゼットだ。あの中で遊んではいけないと、昔から固く言われていたし、母の大切な物がたくさんあるはずなのだ。ただ、ここ数年は、「ほしい物があれば勝手に持って行けばいい」と言っていたから、望みは薄い。

母はお洒落好きで、アクセサリーや洋服はブティックが開けるほどもある。一時、和服に凝って着付け教室にも通ったが、その頃に購入した桐のタンスの中には、気に入ってよく袖を通した着物のほかに、しつけが付いたままの物もいくつかあった。気が多くて、よく言えば好奇心旺盛で、あれこれ手を付けてはみるが、自分の性質に合わなければ潔く諦めて次に興味を移す人だった。そんな気質を受け継いでいる私には、そうする理由がよくわかる。人目には飽きっぽく見えるが実は、のめり込める何かをいつも探していたのだ。

泰代さんの時とは違い、そこには手紙の束のような物はなかった。プライベートに立ち入って過去を覗き見ているような罪悪感があったので、少しホッとした。

クローゼットの整理を済ませてから、家族の誰が見てもいいはずのアルバム整理に移った。少し気分が上がる。赤い布の表紙にレトロなお人形の刺繍が施された一番古いアルバムには、いろんな場所でかわいい洋服を身に着けた幼い日の母の写真が、大小取り混ぜて整然と貼られていた。それぞれに記された撮影日と簡単なコメントは、几帳面な泰代さんの仕事だろう。今と違って当時はカメラが貴重品だったと聞いているので、写真の数からも、母がとても愛されていたとわかる。写真は初めのうちがモノクロ、途中からカラーになっていて、時代の変化が感じられるので面白い。小学校低学年あたりから中学生までは、ビニール製のピンクのアルバム。高校生以降は地味な表紙のモノで、写真の数はぐんと減り、結婚後は白い表紙の家族写真に一新されている。

結婚前の写真が納まったアルバムの最後に、父以外の男性とのツーショット写真が数枚あった。どれも若き日の母と、母の肩を抱く優しい目の男性が映っている。着ている服や背景が違うので、何度かデートを重ねていたようだ。この人が田辺さんだと勝手に頷きながら、アルバムが置かれた棚に目を移したら、一番端にガムテープでグルグル巻きにした茶封筒を見つけた。きれい好きな母のことだから、ゴミならすぐに捨てたはずだが、これはまるで何かを封印したように思える。苦心して開いた中には、古いノートが入っていた。パラパラめくると、どうやら日記として使っていたモノらしい。捨てるに捨てられなかった日記？　ならば、これこそが探していたものではないだろうか。

最初の日付は四十年以上も前の晩秋。雅美さんの話と一致する。ここに綴られていることが、母が死んでも死にきれないという後悔の元と思われる。人の日記を読むべきではないが、泰代さんの過去を紐解いて以降、私の中の優しかっただけのおばあちゃんは、戦後を生きたリアルな女性になった。ならば母は、今の私からすれば娘のような年齢の彼女は、当時、何を考えていたのだろう。

小説を読み進めるように次々とページをめくった。年齢の割に幼い女性が成長の過程で悩む様は、読んでいて切なくなった。素直じゃなくて不器用で、臆病で情けない頑固者の恋は、思った通りの結末を迎えていた。健三さんの圧力を真に受けた母は、それを田辺さんに言えないまま帰郷した。そして妊娠・中絶。雅美さんが話の途中で口ごもったのは、これだったのだ。未練が残って当然だ……。得体の知れない感情があふれ出す。

雅美さんは、今の母に、あの日の後悔はあっても恋愛感情はなかったと言った。でも、未練な気持ちがあったから再会を願ったのではないだろうか。もしも母が今までずっと、人生を悔いながら過去を生きていたなら、母にとって父や私の存在は何だったのか……。足元が揺らいだ。母は私を愛してくれた。父にも尽くしていた。いつも笑っていた母の、あの姿が見せかけだったとはとても思えない……。きっと母は忘れられない思い出を、ただ抱え続けていただけなのだ。過去を乗り越えて幸せを掴《つか》んだのだと信じたい。それに、たとえ母がどんなに過去を悔やんでいても、彼に会って弁明して何になるというのだ。全ては過ぎたこと。最後は自分が決めたのだから諦めるしかないだろう。今さら子どものことを持ち出すのはお門違いで、後悔の手紙を雅美さんに託すのは筋が違う。彼に手紙を渡してはいけない……。待て待て。あの手紙には、一体何が書かれているのだろう。雅美さんも私も、母の後悔がびっしり詰まっていると思い込んでいるが、実際はどうなんだ？　別れた直後ならまだしも、いい年をした大人が、かつての恋人にそんな真似をするだろうか。私にはできない。もしかしたら母の後悔は、彼との別れにではなくて、彼とお腹の子どもに全力で向き合わなかった自分に向けられていたのではないだろうか。手紙に書かれているのはきっと、穏やかな生活を匂わせる内容に違いない。そうでなければ母の品性を疑う……。

翌日、雅美さんに電話をして、手紙に目を通してもらった。それには差し障りない近況と、以前に書き送った手紙への謝罪が綴られていたそうで、田辺さんが読む分には問題なかった。全く人騒がせな……でも、私は心からホッとした。

それにしても分からないのは、なぜ雅美さんが私に母の秘密を打ち明けたのかということだ。混乱は目に見えているし、彼女なら、自力で田辺さんを探し出して手紙を送りつけることくらい簡単に思える。でも、意地悪な人ではなさそうだし……。彼女は、「なんかようわからんけど、話さんといけん気がしたんよ」と言っていたが、私自身も、「なんかようわからんわ」。

田辺さんを探そうとした矢先、大木さんという男性から母宛てに手紙が届いた。なんでも、親友に死期が迫っていて、その彼が過去に傷つけた女性、つまり母が今、どうしているのか知りたがっているので、彼が亡くなる前に一度会ってやってほしいというものだった。手紙には大木さんの携帯番号が添えられていた。死ぬ前にもう一度会いたい……。なんてロマンチックな話だろう。そして偶然にも、その死期が迫った親友というのが、正に今、私が探そうとしている田辺さんだったとは……。早速、大木さんに電話をして、母が亡くなったことと、母の手紙を田辺さんに渡すために、彼を探していたことを伝えた。当然、私たちは会うことになった。

大木さんは痩せた背の高い初老の男性で、銀縁眼鏡をかけた真面目そうな人だった。彼の話では、田辺さんは数年前まで大阪の某会社の社長を務め、退いてから妻と二人暮らしをしていたそうだ。

「大阪にいた田辺が、どうして岡山の病院にいるのか不思議に思われるでしょう。ややこしい理由があるんですよ。まずは田辺の家族についてお話ししましょう」

そう言って胸元からペンを取り出すと、手帳にメモしながら説明を始めた。

田辺さんの祖父は岡山出身で、若い頃は岡山県内の某会社に勤めていた。祖母は京都から岡山に嫁いでいて、実家は老舗の和菓子店。田辺さんの父親は、学生の頃まで両親と共に岡山で暮らしていた。ところが、京都の和菓子店を切り盛りしていた祖母の兄夫妻が突然亡くなった。そこで、田辺さんの祖父母が店を継ぐことになり、一家で京都に引っ越した。その時に祖母方の田辺姓に変えている。田辺さんの父親も和菓子店を継ぎ、そこの店子さんと結婚して男の子が二人生まれた。長男は和菓子職人で、店を大きくして全国展開するまでになった。次男の田辺さんは会社一筋。退職後は隠居している父親と二人、岡山の実家に移住した。

えっ？　これって、泰代さんが鈴江さんからもらった手紙と同じ内容じゃないか。

「名前は？　田辺さんのお父様の旧姓をご存じですか？」

「ええ。たしか『鈴江さん……鈴江裕次さん』だったと思います」

まさか……。でも、名前もそっくり同じだし、偶然にしてはできすぎている。泰代さんの元カレと田辺さんの父親が同一人物？　痛いほど動悸が打った。

「それで……田辺さんが岡山に移住された理由は?」

「父親のたっての希望だったようです。高齢なので一人で住まわせるわけにはいかないからと、彼が同行したわけです。まあ、移住と言っても、彼自身は岡山と大阪を行き来していたようですよ。それで、一年ほど前、父親の通院に付き添ったついでに田辺も検査をしたら、ガンが見つかったんです。手の施しようがないので、病院からは大阪のホスピスを紹介されたんですが、どうしても岡山にとどまると言って聞かなくて……今は奥さんが大阪から通っています」

「だったら今、お父様は? お一人で岡山に住まれているのですか?」

「いいえ。少し前に心不全で亡くなりました」

「ああ、そうだったんですか……。なのにどうして、そうまでして岡山に?」

「父親との約束ですよ」

「約束?」

「ええ。田辺の父親は、昔の恋人に会いたくて岡山に帰ったんです。相手の女性が家を訪ねてくれるといって、ずっと待っていたようですが、その人に会う前に亡くなって……だから、代わりに自分が彼女に会って、父親の想いを伝えたいと言いました。でも、相手を知らないし、調べようにも自分は入院して身動きが取れないから力を貸してほしいと、私に相談してきたんです。父親のことを話しているうちに、実は自分も気になっている人がいて、その人に会いたいけれど、こんな姿を見られたくないと言うものですから。でも、それでは心残りでしょう。こうなったら乗りかかった舟で、あなたのお母様に手紙を書いた次第です」

田辺さんの最期の願いを叶えようと、独断で手紙を書いたらしい。

話が一段落したので頭を整理してみた。これから探すつもりだった泰代さんの元恋人・鈴江裕次さんは既に亡くなっていた。泰代さんの手紙には鈴江という名前しか出てこなかったけれど、きっと二人は独身時代の名前で呼び合っていたのだろう。つまり、泰代さんにとって田辺さんは永遠に鈴江裕次さんで、田辺さんにとって泰代さんは、旧姓の柿本泰代さんだったのだ。さすがに手紙の宛て名には、現在の名前を書いていただろうけれど……。そして、母のかつての恋人・田辺泰裕さんは、泰代さんの元カレの子どもだった。泰裕さんが社会人、母が大学生の時に二人は恋愛関係にあって、母の卒業を機に別れ、帰郷した母は叔母の会社を継いだ。田辺さんはその後、会社のトップに上り詰め、今は岡山の病院で死の床にありながら、母に会いたがっている……。母が生きていてこの事実を知ったなら、絶対、会いに行くはずだ。私は何が何でも田辺さんに会わなくてはならない。

「お亡くなりになっていたとは…」

大木さんは残念そうに呟いた。

「あの……私が田辺さんにお会いするというのはダメでしょうか。直接お話しなくてもいいんです。遠くからお姿を拝見するだけでも…」

「いいんですか？　是非《ぜひ》、会ってやってください」

田辺さんの奥さんに内緒で段取りをするから、連絡を待つようにとだけ言って、大木さんは帰って行った。

病院は感染対策が特別に厳しいから、身内でも面会は許されていない。ただ、体調が思わしくない田辺さんのご家族は例外だった。そこで、病院長と親しい大木さんの口添えで、一度だけ身内として会えるよう取り計らってもらった。大木さんや田辺さんに迷惑をかけないために万全の感染対策をして、スタッフが少ない日曜日に病院を訪ねた。

田辺さんの病室のドアをノックしようとしたら突然、中から年配の女性が出てきた。きっと彼の奥さんだ。とっさに会釈をして通り過ぎたが、胸が締めつけられるようだった。廊下の奥からそっと振り返り、彼女の後ろ姿を盗み見た。チャコールのパンツとシルバーグレーのコート。後ろで無造作に束ねたグレイの長い髪に、エンジのバレッタが映えた。マスクのせいで顔はほとんど見えなかったが、品の良い人だと思った。ナースステーションに向かって、「よろしくお願いします」と挨拶をしたので、これから大阪に帰るのだろう。もう長くはない夫のわがままを許してはいるが、滅多に会えなくて寂しいだろう。会えば悲しみが増すだろうにと複雑な気分になった。

彼女の姿が完全に消えて廊下に誰もいないのを確認してから、田辺さんの部屋のドアを小さくノックした。中に田辺さん以外の誰かがいたなら、「部屋を間違えました」と言おう……。そっとドアを開けると、カーテン越しの柔らかな光の中に、ベッドに横たわる人の姿が見えた。小さく会釈をして中の様子を伺ったが、その人のほかに誰もいなかった。ホッとした途端、頭がボーッとして息苦しくなったので、一瞬だけマスクを外したら、彼の白い腕が私に向かって弱々しく手招きした。ゆっくり近づいて、酸素マスクをつけた彼の顔がハッキリ確認できる辺りで立ち止まる。病を得ると老けると言うが、それでも、あのアルバムの写真の中で、母の隣に笑顔で収まっていたのは、紛れもなくこの人だと思った。薬のせいか表情が乏しく、弱った体がきついのか息づかいも荒い。かつて母が愛した人……。その命の時間は残り少なく思えた。

見えない何かに引っぱられるようにベッドの横に立った私を、彼は瞬きしないで見つめた。やがて彼の左手がこちらに伸びたので、私はひざまづいて自然にその手を取った。筋張った大きな手は冷たく感じたが、徐々に温かくなった。母が求め続けた温もりがここにある。この場に母がいたなら……。時が止まった静かな空間で見つめ合っていると、すぐ側に母を感じて自然に涙が落ちた。彼の口が物言いたげに僅《わず》かに動いたので、小声で「何？」と問いかけたけれど返事はない。胸の奥から熱い感情がほとばしり、思わず言葉が漏れた。

「ずっと…会いたかった」

彼は緩く微笑んで、顔を縦にゆっくり動かすと、私の両手を取って暖かな手で力強く包み込んだ。彼の頬を一筋光るものが伝った。そして、微笑と共に「ありがとう」とでも言うように、何度も何度も頷いた。私は安心感に包まれて目を閉じた。

気が付くと、廊下の端に立ち尽くしていた。慌てて化粧室に飛び込んで顔を洗い、気持ちが落ち着くまで談話室で過ごしていた。田辺さんと二人きりの幻想的な時間は僅か数分間。あの時はたしかに私の中に母がいた。永遠に続いてほしいと思えたのは、母の日記を読んだ故の思い入れか……。子どもの頃からよく似ていると言われていた母と私。彼もまた半覚醒の内に若い日の記憶が蘇り、母と私を混同したのかもしれない。そういえば手紙を渡せなかった……。もしかしたら、さっきは彼の中に裕次さん、私の中に泰代さんもいて、二人の再会が間接的に叶ったかも……などと考えていたら、いきなり頭の上で男性の声がした。

「以前、受付の前でお会いしましたね」

えっ？　驚いて顔を上げると、濃いグレーのスーツに身を包んだ中年男性が立っていた。周りには誰もいないから、私に話しかけているのは間違いないと思う。でも、知らない人なんだけど……。

「あっ、いきなりで驚かせてしまいましたね。すみません。実は、半年ほど前にあなたをお見かけして……あの時は声をかけそびれてしまいました」

うーん。普通、見ず知らずの人間に「声をかけそびれる」とは言わないものだ。互いにマスクをしているから、もしかして人違いをしている？

「はあ……。ええまあ。半年前、この病院に来たことはありますが……失礼ですが、人違いされているのではないですか？」

「いえ、そうではなくて……何と言ったらいいのかな……。本当言うと、もう一度あなたにお目にかかれたら、今度こそ声をかけようと思っていたんです」

「はあ？」

「実は、私の父がここに入院していて、月に一、二度、顔を見に来ているんです。たった今、帰宅する母をタクシーに乗せて病室に戻ろうとしたら、思いがけずあなたを見かけたので、つい……。申し訳ない」

あけすけな人だ。下心は感じられないが、新手のナンパか？

「緊張してるのかな。普段はこんなんじゃないんだけど……。あっ」

彼はその流れで勝手に自己紹介を始めた。

「申し遅れましたが、私、田辺裕成《ゆうせい》と申します」

田辺と聞いてハッとした。たしかに、さっきまで一緒だった田辺さんと目元の感じや雰囲気が似ている。まさか……年恰好からして息子さん？　もしかして、さっき病室を出るのを見られていて、私のことをやんわり探っているのかもしれない。バレたら仕方ないけど、できるだけ知らんぷりを通そう。

「そうですか。半年前にお目にかかっているのですね。でも、あの時はバタバタしていたので、周りのことは何も覚えていなくて……ごめんなさい。でも、そんなふうにおっしゃっていただいて嬉しいです。私は……私は川村珠希と申します」

なぜか私も自己紹介してしまった。自分でも驚くほど、次から次に言葉が流れ出した。


丘に続く狭い砂利道の先に、雑木林が見えてきた。あそこから丘のてっぺんまで、息弾ませて駆け上った幼い日の記憶が蘇る。ひたすら歩みを進めると、少し湿気を帯びた腐葉土独特の匂いが漂ってきた。立ち止まり、あの頃から好きだった匂いを思い切り吸い込んで目を閉じる。そういえば……昔はここを歩く時、木々の間からかわいらしい妖精がひょっこり顔を覗かせるような気がして、ワクワクしていたな。あれから何年経つのだろう……。懐かしい思い出に浸ろうとして、切り倒された枯れ木に腰を下ろす。広葉樹の枝がはるか頭上で重なり合い、風に揺れてサワサワ音を立て、その隙間から柔らかな陽光が地面にキラキラ落ちてくる。あの頃より木の高さが違っている……。時の流れに眩暈を覚えて、もう一度目を閉じると、涙が頬をツーっと滑った。

丘の上にはお寺と墓地があって、その一角に我が家のお墓がある。二十年ほど前だろうか。お寺の横の空き地に広い駐車場ができてからは、車でお参りするようになった。それまでお墓参りといえば、家族そろってこの裏道を歩いていた。幼かった私はいつも、お供え用のお菓子やお米を持つ役目だった。お参りをした帰り道、残しておいたお菓子をつまむのが嬉しかったのを覚えている。そして今、この坂道をたった一人で登っているのは、みんなに大事な報告をするためだ。

息切らして丘を登り切ると、そこには大小の墓石が並んでいて、一番手前の右端に父母の名が刻まれた墓石がある。隣の大きい墓石の下には、祖父母と、顔も知らないご先祖様が眠っている。でも、きっとそうではない。ここにあるのは、かつて肉をつけていた骨の欠片と灰があるのみで、彼らの魂はどこか違う場所にいるのだ。それでもここは、残された者が祈り呟くために存在している。

「母さん。私、結婚するんよ。相手は、田辺泰裕さんの子どもの裕成さん。びっくりした？　裕成さんはな、今は大阪でお医者さんをしとるけど、田舎で開業するのが夢じゃったんじゃと。新見に住んだことはないけど、おじいさんの土地と家があるし、お父さんの泰裕さんが最期に過ごした場所じゃし、何でかご縁があるんじゃて。裕成さんのお母さんは、大阪のお兄さんと同居しとってじゃから、新見で開業するのは問題ないらしいわ。そう言えば、私が田辺さんに会いに行った次の日に、田辺さん、亡くなったらしいわ。私のせいかと思うて気になったんで。母さん、まさか、あれって迎えに行ったん？　まあ、別にエエけど……。でもな、あの日、裕成さんに会った時から、こうなる気がしとったんよ」

次は泰代さんだ。

「泰代さん。裕成さんは裕次さんの孫なんで。不思議なご縁じゃろう。二人とも、生きとるうちに再会できんかったから、これが三度目の正直じゃな。私が二人の分まで幸せになるから、どうぞ見守ってください。よろしくお願いします」

二人に語りかけた後、運命の不思議を思いながら、近くの置き石に腰を下ろした。足元に目を落とすと、鮮やかな黄緑のフキノトウがあった。その先にはイヌノフグリも咲いている。ひたすらに冬を耐え、当たり前のように芽吹く姿は何とも愛おしい。思わず顔がほころぶけれど、それでも、やはり名前が引っかかる。春の訪れを知らせてくれる愛らしい薄青の花に、イヌノフグリなんて酷い名前をつけたのは誰だろう……。

しばらく遠くの霞んだ山並みを眺めてからもう一度、墓石に目をやってボンヤリ考えた。人生はタイミングに左右されると常々思っていたが、若き日の泰代さんや母のことを考えると、ますますその思いが強くなる。明日の朝食はパンかご飯か、好きなテレビドラマを見てからお風呂に入るか、その前にするか……。そんな単純な選択を私たちは日常的に行っている。でも、人生を左右するほど重要な選択をする時は、目に見えない何かが勝手に私の脳を支配していた気がするのだ。抗えない大きな力で、タイミングを巧みに操作して偶然や必然を装い、準備された結末へドンドン向かわせる。いくつか用意された選択肢からベストな選択をしたつもりでも、実は自らの意志とは無関係の強い力によって、定められた運命に沿うように選ばされているという気がしてならなかった。例えば恋人との別れに向かっている時、なぜか不思議と二人の歯車がかみ合わなくなっていく。誰かの一言や一通の手紙のほんの一文など、些細なことがきっかけで流れが変わってしまう。出逢う時期が違っていたなら、別のシチュエーションで逢っていたなら……。タイミングの良し悪しで人生が決まる。

望みが叶わないのは努力不足だと言う人がいる。もちろん、成功した人たちはそれなりの努力や準備をしただろう。でも、どんなに努力しても報われないことはあるし、逆に大して頑張らなくても、周りの力やタイミングでトントン拍子に事が運ぶことがあるのも事実だ。私たちはタイミングに翻弄されて生きている気がしてならない。タイミングに見放されて、思い通りにならない現実を受け入れるのは苦しくて辛いけれど、それでも未来を信じて進むしかないのだろう。

私は偶然にも泰代さんと母、二人の過去を知ったわけだが、これこそ目に見えない力によって仕組まれたタイミング、あるいは巡り合わせと呼ぶべきか、そういったものが私を突き動かしたと思っている。泰代さんが私に託したポチ袋のメモ、雅美さんの告白と母の日記。そのうちのどれか一つでも欠けていたなら、私は田辺さん探しなどしなかった。そして大木さんの手紙がなければ、田辺さんにもたどりつけなかったはずだ。さらに、裕成さんに出会えたことも決して偶然ではなかったと思えるのだ。

突然、頭の中で女性の声がした。

「裕希様、お懐かしゅう存じます。たまがきでございます。私たちは前世で深いご縁をいただき、そして私の願い通り、裕希様のお子として生まれ変わることができました。裕希様と泰代様の過去は変えられませんから、田辺様にお二人の想いをお伝えすることこそが、私の使命と信じてまいりました。裕成様が祐清様の生まれ変わりということを、お二人はご存じだったのですね。だから私たちを逢わせてくださった……。長きに渡るこの想いを成就できたのは、ひとえに泰代様と裕希様のお陰です。お二人の悲しみの上に私の幸せがあるということ、決して忘れはいたしません。本当にありがとうございます。必ずや幸せになってみせます…」

えっ？　辺りを見回したが誰もいない。リラックスしすぎて夢でもみた？

「どうしたの？　ボーっとして。ずいぶん待った？」

背後から裕成さんの声がした。

「あ、ううん。今、みんなに報告したところ……だけど…」

「何かあったの？」

「……大丈夫。……何でもない。それより駐車場、すぐに分かった？」

「うん。思ったより近かった。でも、そんなことより本当に大丈夫なの？　山道歩いて具合でも悪くなったんじゃないか?」

「どうして?」

「さっき小声でブツブツ言ってたじゃないか。生まれ変わりがどうとか…」

「えっ? 何言ってるの。お墓で気味悪いこと言わないで。空耳よ、空耳…」

「そうかなあ……。まあいいや。さてと、僕もお参りさせてもらおう。珠希を幸せにしますって約束しないとな。珠希の家族に品定めされるみたいで、何だかドキドキするよ」

「何で? 私しかいないんだから緊張することないでしょ」

「そりゃそうだけど……この所、よく思うんだ。珠希のお母さんに会ってみたかったなってね。不思議と、ずっと前から知ってる気がするんだよ」

「それはね、きっと、母が私たちを導いてくれたからだよ。母が生きてたら、裕成さんのことも自分の子どものように愛してくれたと思う。絶対に、ね」

後書き

四方を山に囲まれた自然豊かな新見の町は、中世の頃、京都の東寺が管理する荘園でした。この地には、古くからの史跡が多く現存します。また、東寺と新見の人々がやり取りしたたくさんの書状が今に残されており、それらを読み解くことで、当時の農村の様子や荘園制度の仕組みなどが少しずつ明らかにされています。

その多くの書状の中に、「たまがき書状」と呼ばれるものがあります。（現在は東寺の手を離れ、京都府立京都学・歴彩館に保存されています）たまがきは、遠く京の地から新見に代官として派遣された僧・祐清の身の回りの世話をしていたといわれる女性です。祐清と恋に落ちたたまがきは、理不尽な形で殺害された祐清を偲《しの》び、彼の遺品がほしいという内容の書状を東寺に送るのですが、願いは聞き入れられなかったそうです。戦乱の世に埋もれた悲恋のヒロインたまがきの存在を私が初めて知った時、彼女を愛おしく感じ、同時に、その辛い生涯を思わずにはいられませんでした。

平成になり、新見市の某団体が、「たまがきの思いを遂げさせたい」と東寺に相談しました。すると、ありがたいことに東寺から、「たまがきの書状に書かれた形見の品は現存しないため、代わりの物を贈る」という手紙とともに、次の三品をいただきました。

○牛珠宝印守護《ごおうほういんしゅご》（厄難を除けるお守りの札）一体

○朱骨白扇《しゅぼねはくせん》（朱色の縁で、何も書かれていない白地の扇）一面
○半装束念珠《はんしょうぞくねんじゅ》（水晶の珠に琥珀の珠を少し混ぜて作った数珠）一連

さて、そんな新見に生まれ育った私は、中世の史跡を日常的に目にし、また、仕事柄、度々東寺を訪れる機会に恵まれました。退職して年を重ね、再び中世に興味を持った時、なぜか、たまがきのことを書きたいと思いました。ひとりでも多くの方にたまがきを、そして新見を知っていただきたい。興味を持っていただきたい。その思いでパソコンの画面に向かいました。

ところがいざとなると、当然、実際の中世について何も知りません。当時の方言や話し言葉などもわからないため、そこの部分は現代風にしました。ただ、さすがに想像だけで書くのはよくないので、できるだけ史実に忠実にと思い、中世の新見に関する文献を読み、テレビの時代劇などを参考にするなどして想像を膨らませた次第です。今後、各方面の研究が進めば、新たな事実もみつかるでしょう。でも、「全てはフィクションです」という都合のいい言葉で括ってしまえるのが、ファンタジーのいいところです。

それらを踏まえて、この本を手に取ってくださった方が、たまがきと祐清の物語や、新見の田舎ぶりなどに興味を持ってくださり、この地を訪ねてくださるなら、これ以上の幸せはありません。

最後になりましたが、出版に関わってくださった全ての方に、心よりお礼を申し上げます。

■著者紹介

脇坂由樹子（わきさか・ゆきこ）

1961年新見市生まれ。小学校勤務を経て退職後、パートタイムで仕事をしながら執筆を続ける。

妄想を楽しみ、頭に浮かんだものを書き留め作品にしている。本作は書き下ろし２作品目となる。

趣味は読書、映画鑑賞、家の片付け。

ヤマボウシの下で

2023年11月14日　初版第１刷発行
著　者　脇坂由樹子
発　行　吉備人出版
〒700-0823　岡山市北区丸の内２丁目11-22
電 話 086-235-3456　ファクス 086-234-3210
振替01250-9-14467
メール books@kibito.co.jp
ウェブサイト www.kibito.co.jp
印刷所　山陽印刷株式会社
製本所　日宝綜合製本株式会社

ISBN978-4-86069-726-6　C0093

かやうに申すハせくたちう
入候一かんやかりにせし候し
申せいのゆへりかやうに申
ゝすゆへくりしさ事か
あすりいてし又りの御ちかや
まんまんにし候かとたおもの
すゞなら御りかしゆれし
さもとにゆせいの事く
此地人もうたこくに候
おそれすん候よりすいせく
さこめて申あつてさて
かとに申せいのをかし申し
そのきつをれんこしをれ候
又すゝしのこつし万歳と申ね

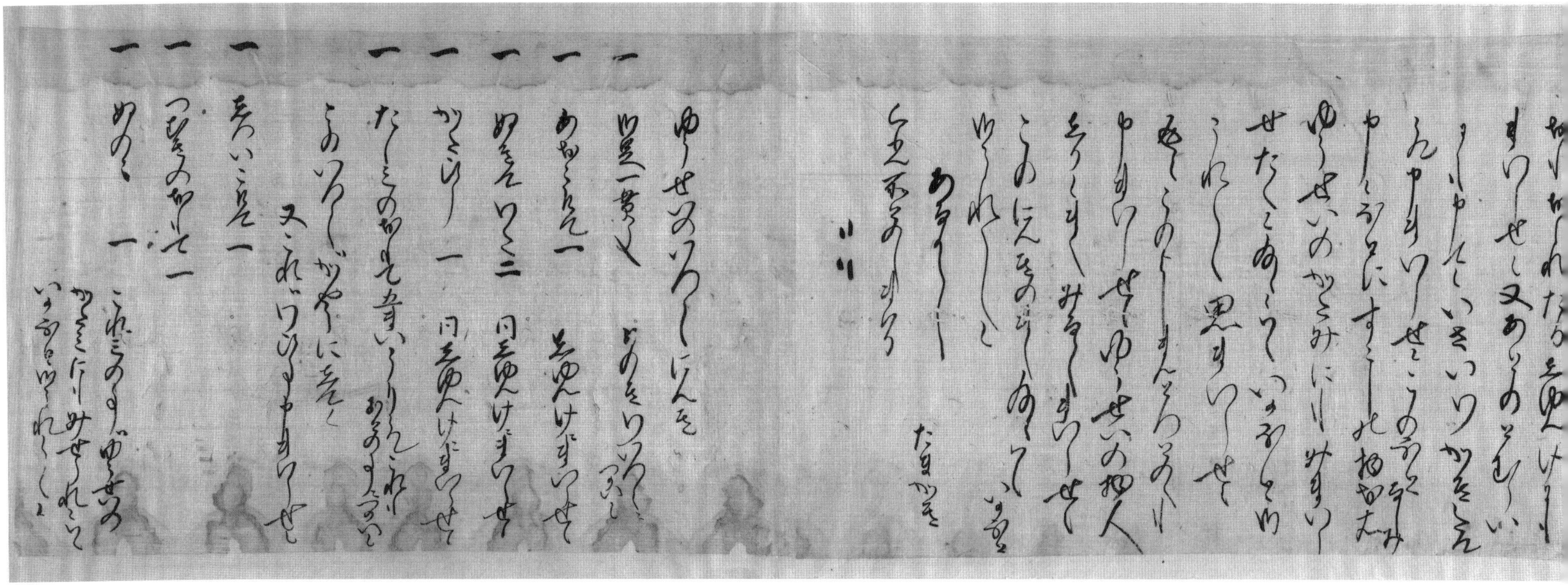

「たまがき書状」京都府立京都学・歴彩館　東寺百合文書　WEBから

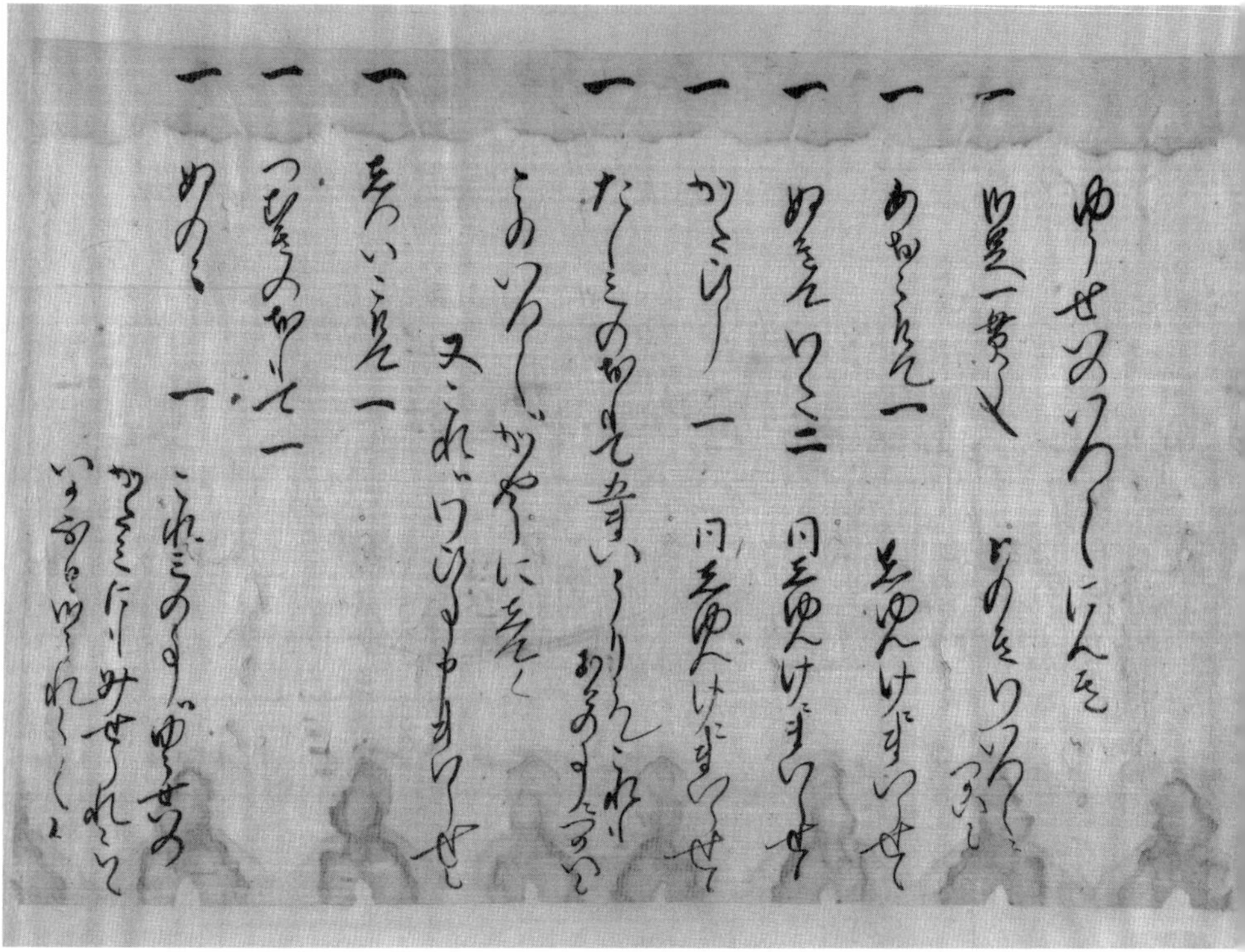

「たまがき書状」京都府立京都学・歴彩館　東寺百合文書　WEBから

かへすかへすなりとめたてまつり
まつせと又ありのすさましく
いかにもいきいりかなしき
んやうまつせとのありつるを
やうるにすゝ此御ありさみ
うへいのかなみにゝせまい
せたくてめきてひゝきてめ
うれしく思ひまつせ
めもてゝすゝめつる
うまつせゆゝめの御人
そうそみきゝまつせ
このにんまのめきてんさる
いつれしく
あらて一
くれまてめきさ

たちかせ
川

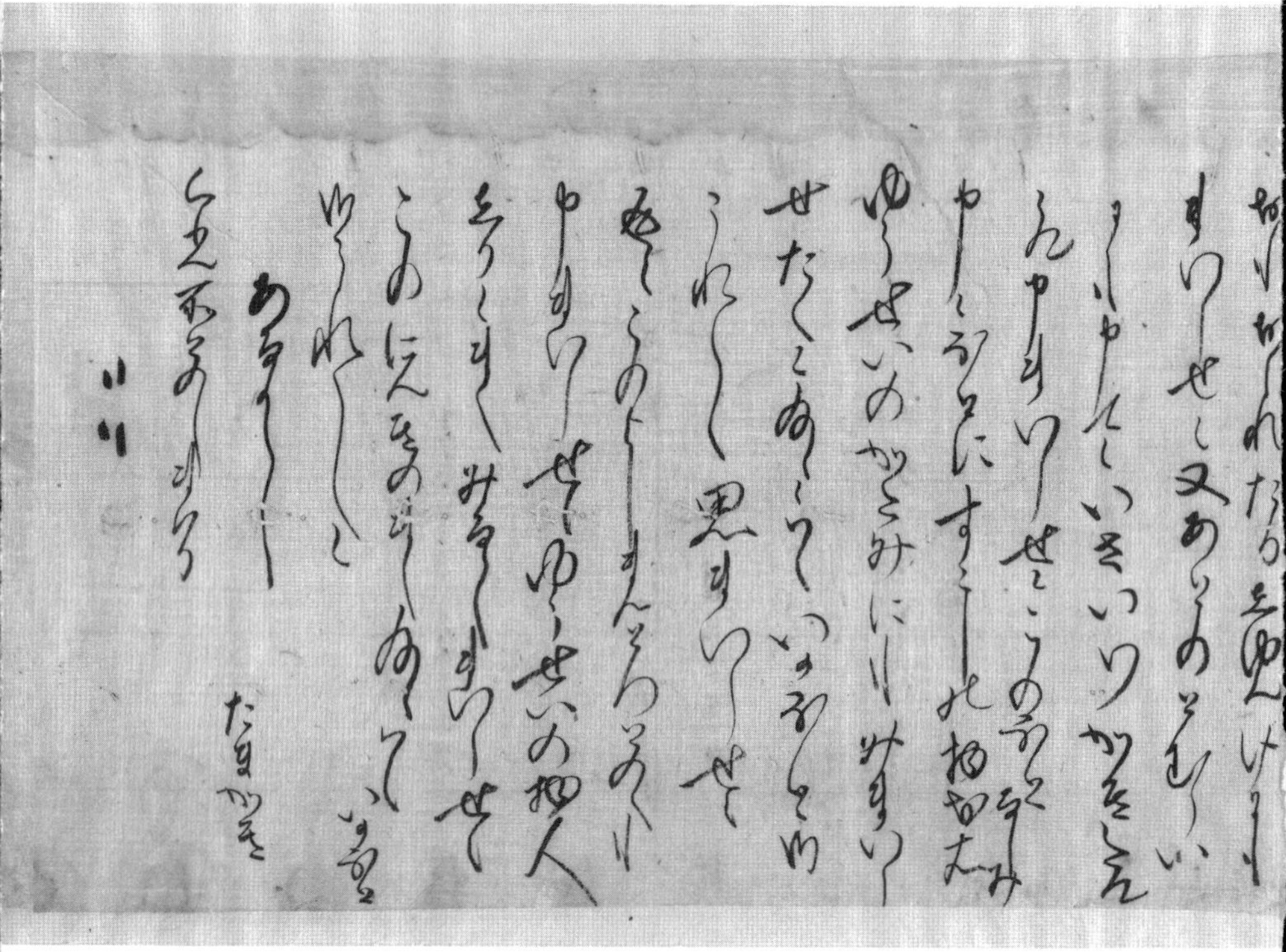